JN110455

長編超伝奇小説
書下ろし
魔界都市ブルース

木乃伊綺譚

菊地秀行

祥伝社

CONTENTS

カバー＆本文イラスト／末弥　純
装幀／かとうみつひこ

二十世紀末九月十三日金曜日、午前三時ちょうど――。マグニチュード八・五を超す直下型の巨大地震が新宿区を襲った。死者の数、四万五〇〇〇。街は瓦礫と化し、新宿は壊滅。そして、区の外縁には幅二〇〇メートル、深さ五十数キロに達する奇怪な〈亀裂〉が生じた。新宿区以外には微震さえ感じさせなかったこの地震は、後に〈魔震〉と名付けられる。

以後、〈亀裂〉によって〈区外〉と隔絶された〈新宿〉は急速な復興を遂げるが、その街を産み出したものが〈魔震〉ならば、産み落とされた〈新宿〉はかつての新宿であるはずがなかった。早稲田、西新宿、四谷、その三カ所だけに設けられたゲートからしか出入りが許されぬ悪鬼妖物がひしめく魔境――人は、それを〈魔界都市〝新宿〟〉と呼ぶ。

そして、この街は、哀しみを背負って訪れる者たちと、彼らを捜し求める人々との物語を紡ぎつづけていく。あらゆるものを切断する不可視の糸を手に、魔性の闇を行く美しき人捜し屋――秋せつらを語り手に。

第一章　〈魔震(デビル・クエイク)〉のとき

1

その晩、新宿の人々の多くは眠りについていた。

前々日の昼、新宿全体を覆う巨大な暗雲が目撃されていたし、前日の早朝から、おびただしい数の鴉が、跳梁の影を地上に落としていたものの、凶兆と捉えた人々は少なかった。新宿区には何らの異常も見当たらなかったのである。

運命の時刻——午前三時の一時間ほど前、数台の車輛が、渋谷方面から区内へ侵入して来た。ほとんどが歌舞伎町目当てのタクシーであったが、中の一台だけが、奇妙な乗客を擁していた。

助手席の痩身、後部座席の巨漢、そして、巨漢の隣に腰を下ろした一〇歳前後と思しい少年であった。

男たちの表情や、乗車してからの少年への気遣いぶりは、大企業の御曹子とその護衛の範疇を遥かに越え、一国の王子とその忠僕のように見えた。

「ここなら無事か？」

少年は、うっすらと碧い眼を開いた。それだけを考えていたのであろう。日本語ではなかった。

「グリセオはそう申しました。二〇〇歳を超え、わが国をその予言だけで支えてきた予言者の言葉でございます」

と助手席の痩身が身を捻って言った。

「そう思うか、ソドム？」

すがるような少年の声に、巨人はゆっくりとうなずいた。

自分の上体に押しつぶされそうな細い身体と顔を、この上なく温かい笑みで包み、

「左様でございます」

この男は、あり得ない時代の存在だった。やはり王と忠臣——それが絶対だった世界から脱け出して来たのだった。

「——しかし、亡命先なら幾らでもあった」

と少年は言った。

「アジアからも、ヨーロッパからも救いの手は差しのべられていた。特にフランスは熱心だった。余もそこになると思っていた。何故(なにゆえ)、東洋のこんなちっぽけな島国へ――しかも街の名まで指定してくるとは思わなかったぞ」

「それは父君も母君も仰(おつしや)っておられました」

助手席の男が言った。

「ですが、グリセオは瀕死(ひんし)の病(やまい)の床から起きあがって王宮へ参りました。この国と街の名のみを伝えるために。地獄の魔性(ましょう)でも信じる他はないと思ったことでしょう」

「――ですが」

巨人が引き取った。

車は夜の道を走り続けている。深夜である。さすがに車の姿もネオンの狂い咲きも大人しいレベルだ。

「グリセオの占いには気になる点がございました。この地へ参るのは我ら三人。その名も身分も具体的でしたが、ひとりがすぐ欠落すると。そのひとりの名前だけは口にしませんでした。いえ、その寸前に死亡したのですが」

巨人はひと息入れた。

「いまだに、その真の意味は不明です。うちひとりが欠けると知りながら、なぜ我ら三名を名差ししたのか」

そのとき――運転手が言った。

紙のような声である。なぜ、このときこう口にしたのか、彼自身にもわからなかったろう。

「三時です」

その瞬間、車は宙に浮いた。撥(は)ね上げられたのだ。

悲鳴を迸(ほとばし)らせようとする少年の口を、巨人の手が塞(ふさ)いだ。

「なりませぬ。次の王になられる御方が、これしきのことで悲鳴なぞ」

彼の眼は、前方の光景を白日の下のごとく見た。

地面が開いていく。

その縁の道路も建物も、哄笑に似た巨大な奈落の中に吸い込まれていく。片側――新宿側の縁だけが。

助手席のドアが開いた。

「セルジャニ⁉」

巨人の声に、外の闇へと吸い込まれていく痩身がこう返した。

「おれだったのか――ラビア様のことは――任せたぞ」

彼は黒い虚空に呑み込まれた。

運転手は何やら唱えていた。

「ソドム」

すがりついて来た少年の肩を優しく叩きながら、巨人は自分たちが向かう場所を静かに見つめていた。

「ご安堵なされ。王子にはこのソドムがいつもおそばにおりまする」

この日、新宿は〈新宿〉へと変わる。

〈魔界都市〝新宿〟〉と呼ばれるのはもう少し先だ。

「四日前の〈河田町〉における首引っこ抜き殺人の余韻も覚めぬ今日、午後一時一二分――〈余丁町〉の公園内で新たな殺人の痕跡が発見されました。残念ながら、今回は前回と異なり、ジャングルジムの鉄棒で心臓をひと突きにされておりました。よく聞きな。ジャングルジムを組み立てた鉄棒の一本で人間を串刺しにするためには、ジム全体をバラさなくてはなりません。世間知らずの〈区民〉や観光客の方々はご存じないでしょうが、現代のジャングルジムはそういう作りになっています。しかも、鉄棒が貫通した部分の衣服は、背広もシャツも焼け焦げておりました。原因は摩擦熱でしょう。非常識で物を知らない視聴者の皆さんが、そんな筈は、と喚き出してもこれが現実です。少なくとも突き刺さった瞬間、槍(やり)の速度はマッハ3を超えていたと推測されるのであります——そして、いま連絡が入りました。この事件の関係者と思われる人物が、保護を求めて、〈新宿警察署〉を訪れたそうです。えと、少しお待ちを。その人物はかなり年配のおっさんだそうで、すぐ殺人課の担当となり、事情聴取を行なってると思われます。ま、ご存じ——〈凍らせ屋(スパイン・チラー)〉屍刑四郎(かばねけいしろう)もいますし、〈新宿警察〉の殺人課といえば、その辺の殺人鬼以上に個性的な刑事(でか)たちの巣窟(そうくつ)ですから、万が一にもぶち殺されることはないと思われます。ここは待とうではありませんか——じゃ、な」

独特のしゃべりで人気のあるアナウンサーが消えると、

「面白かった」

こう言って、秋(あき)せつらは正午の〈新宿ニュース〉を切った。

湯呑みに残った番茶を飲み干し、少し眉(まゆ)を寄せて、

「熱い」

と洩(も)らしたところへ、家電(いえでん)が鳴った。

「〈秋人捜しセンター(DSM)〉です」

向こうは少し黙った。美しい声に思考が跳(と)んだのである。ふた呼吸ほど置いて、

「『新宿グランドール』のバスズ・セルジャニです。一度、三丁目の店の店員のことで、お目にかかりました」

「はい、確かに」

流暢(りゅうちょう)な日本語であった。〈新宿〉の〝キャバレー王〟と呼ばれる男は、エジプトが出自と公言している。

「改まって口にするのも何だが、人を捜(さが)してほしいのです」

「はあ」

「一度、オフィスのほうへお越し願えませんか？　お見せしたいものがあるのですが、持って出られま

せんので」

「承知しました」

　今日の午後三時に〈歌舞伎町〉本店でと決まった。今日は、他に用もない。

「焦ってる」

　とせつらはつぶやいた。セルジャニ氏の口調は平静だが、根底にある感情のマイナス波動は覆うべくもなかったのだ。

　セルジャニ氏は十年ほど前に〈新宿〉へ現われ、手にした宝石類や美術品を売って土地を購入。すでに古いと言われていたキャバレーを五店舗同時に店開きさせ、どれも現在まで盛況の光で飾っている。

「神懸かりだ」

　と唸る世間の評価を、否定する者はいなかった。

　繁盛する理由のひとつは、二四時間営業だったことだ。敵対する陽光の下でも「新宿グランドール」のネオンが消えることはなく、豪華な見てくれの建物の内側から流れて来る遠い昔のジャズやブルースの演奏も途切れることはなかった。〈区外〉と違って〈新宿〉には、昼から肌も露わな女性たちのショーやシルクハットに燕尾服という昔ながらの奇術に歓声を上げる客たちも多かった。が、〝魔界都市〟の別名は、昼夜を分かたずの営業と、客の年齢を一切考慮しない点にもあった。昼間から、酔いどれ親父ともども小中学生が来店し、ストリッパーに若い歓声を送り、ホステスたちの接待を受けるのだ。驚くべきことに、子供たちへの請求はない。完全に無料なのだと知って、子供を連れた酔いどれたちが、朝から列を作るのも〈新宿〉らしい光景といえた。

　勿論、みかじめ料トラブルが勃発する。地元のやくざ、暴力団が、暴力行為専門の若いのと武器を抱えてやって来るのだ。

　その際の緊迫した状況を目撃者が〈新宿TV〉の〝逢魔が刻（夕方のニュース）〟でこう語っている。

「店がオープンして二日後の昼、地元の組のお偉いさんと若いのが五、六人、レーザー砲（キャノン）や小型の火炎放射器をぶら下げて〈歌舞伎町〉の本店へ入って行ったよ。こりゃあ、ひと騒動あるなと思ったんで、玄関に近づいて様子を窺（うかが）ってたんだ。連中が入ってすぐ、観光客らしいカメラをぶら下げた集団と、餓鬼（がき）どもが出て来た。おっ始（ぱじ）まったなと思ったが、それきりウンともスンとも聞こえて来ねえ。十分以上は待ったはずだが、それから出て来たのは酔っ払った客が四人ばかりよ。そいつら、少しも興奮もしてねえし、怯（おび）えてもいねえんだ。店内でやくざとひと悶着（もんちゃく）あっても、ただの脅（おど）しだと判断したら、この街の人間なら伏せるくらいでやり過ごす。けどよ、千鳥足（ちどりあし）だけてのは、何も起こらなかったってことだろう。それからは客も結構入ってったし、出ても来たが、それきりになっちまった。組の連中がどうなったかは知らねえよ。たぶん、店の中にはあいつらなんか屁（へ）でもねえ何かが飼われてたんじゃねえかな。ああ、詰まらねえ。時間つぶして損したぜ」

せつらも、この目撃談は耳にしていた。

〝何かを飼ってる〟

〈新宿〉では珍しいことではない。大金が動く店では、人間やサイボーグの他に、裏町の研究所で作られた妖物（ようぶつ）や悪霊（あくりょう）を用心棒に使っている。しかし、土地の悪党どもを消してしまうとなると、大層（たいそう）な度胸がいる。執拗（しつよう）な報復は決定事項だからだ。

「けど、何もなかった」

せつらのつぶやきは、ついに無傷で済んだキャバレー経営者の背後に潜（ひそ）むものを探（さぐ）っていたのかもしれない。

五分ほどして、また家電が鳴ったとき、せつらは六畳間から三和土（たたき）へ下りるところであった。

「捜シテホシイ……」

と真っ先に来た。たどたどしい日本語であった。

「どなたを？」

いつものように応じた途端（とたん）、電話は切れた。

せつらは黙って受話器を見つめた。よくあることだ。〈区〉公認の『新宿ガイド』には〈人捜しセンター〉と〈せんべい店〉の電話番号が記してある。せつらの声だけでも聴きたい観光客からの電話はしょっちゅうだ。

せつらが受話器を置かなかったのは、何を感じたものか。

オフィスを出たのは、きっかり一分後であった。

〈歌舞伎町〉の本店でも、日中のせいか、さすがに人の出入りは少なかった。

黒服に名前を告げると、奥の一室へ案内された。

「へえ」

少し呆れたような声が出たのは、「店長室」のプレートが貼られたドアの内部が、あまりにも質素だったからである。

コンクリート打ちっ放しの室内には、デスクと書架と応接セットしかない。しかもどれも安物だ。一日億単位の収入があるといわれるキャバレー王の部屋とは思えなかった。

ソファに腰を下ろして室内を見廻す間に、

「失礼しました」

白いちぢれ毛に浅黒い顔――中近東顔の老人は、にこやかな笑みをせつらに送って、握手を求めて来た。

背後の、こちらはこの国の美女を示して、

「秘書のミセス・リツコ・フジヤマです」

と告げた。

深々と頭を下げたベージュのスーツ姿は、生まれながらの秘書ともいえる上品で切れ者らしい顔立ちであった。二人ともせつらを見た途端、頬を染めている。セルジャニ氏でさえわかるのは、せつらの魔力だった。

「これは驚いた。写真を見たこともあるが、ご本人はやはり違う」

「本当ですわ」

フジヤマ・リツコ――のちに名刺から藤山律子と

知れる秘書は、声も顔も恍惚と溶けている。公の場では見せたこともない表情なのだろう。

ひとつ息を吐き、ソファの前の肘かけ椅子に腰を下ろしたセルジャニ氏は、後方に立つ律子を見上げて、

「資料を」

と言った。

「はい」

すでに何とか我に返っていた美人秘書は、脇に抱えていたファイリング・ケースをテーブルに置いてから、せつらの手元に押しやった。

「拝見」

中身はプラスチックケースに収まったDVDと三枚の写真であった。

一〇歳前後と思しい少年とレスラーのような巨漢が三枚すべてを飾っていた。背景はバラエティに富んでいる。ニューヨークの国連本部正面入口と、パリのエッフェル塔、そして、羽田空港のタクシー乗り場だった。日付は順に三月、四月、五月と数字で記してあった。年号はない。

「王子と護衛」

せつらの指摘に、セルジャニ老人と律子は感嘆の表情を作った。

2

「お判りか？」

「昔、グラビア誌で。アンダル王国の王子ラビアと護衛のソドム」

「そのとおりです」

白髪頭が片手を胸に当てて黙礼した。せつらにではない。王子の名前に対してだ。

「では、彼らとあとひとりの護衛が〈魔震〉の当日、〈魔界都市〉と呼ばれる前の新宿へやって来たのをご存じか？」

「全然」

二人の口元を微笑がかすめた。

「——そのお顔よりは、ざっくばらんな方のようだ」

「ひとつ」

せつらは人差し指を立てた。

「何でしょうか？」

「三人目はあなた」

律子が、はっと雇い主を見つめ、彼はうなずいた。

「仰るとおりです。渋谷から新宿へと向かう途中で〈魔震〉に見舞われ、私ひとりがタクシーから跳ね落ちました」

「王子とソドム氏は〈亀裂〉へ？」

「左様」

二人は眼を伏せた。

タクシーから弾き出された後、セルジャニは新宿側から突き出た水道管にひっかかり、自力で〈亀裂〉をよじ登って〈新宿〉の住人となった。

「あれからX年——長いとも短いともつかぬ日々でした。今のこの身が自らの意志によるものか、神の思し召しによるものかどうかは、知るかぎりではございませんが、どちらにしても、今日という日のための成果には違いありません」

「依頼は、この二人の捜索でしょうか？」

「左様です」

「心当たりは？」

「まるでありません」

沈痛の翳が老人の顔に広がった。

「彼らが〈亀裂〉を出て来たのはいつです？」

律子が、息を呑んだ。セルジャニはせつらを見つめ、また黒い頰を紅く染めた。

「よくお判りですな」

「地の底にいると思っていた存在の捜索を依頼するのは、地の底から出て、行方不明になったから以外にありません」

せつらの茫洋たる美貌を、依頼人とその秘書は呆然と見つめた。

せつらは得意なふうでもなく、

「地上に出たという連絡は？」

「ありません」

「二件の殺人と、関係者の〈新宿警察〉への逃亡——これで気がつかれた」

少し沈黙が降り、律子が、

「どうして？」

とつぶやいた。

「あなたにも連絡を取らなかったお仲間に気がついたのは、彼らが手を下したとあなたに判る何かをしでかしたからです。殺人事件と申し上げたのは、当て推量ですが」

「人捜し屋、私立探偵の類は、名のみ高いが、会ってみれば見掛け倒しが殆どです。やっと例外を見つけました」

セルジャニは安堵の表情で言った。

「そのDVDにも入れてありますが、殺害された二人は、私のところにもやって来ました。ラビア王子ともうひとりのボディガード——ソドムの遺体を発見したと」

一時間後、せつらは〈新宿警察〉の殺人課にいた。

街の性格上、殆どの刑事が出払い、事務員が二名いるきりだ。どちらも放心状態だ。せつらが来た場合、必ずサングラスをかけろと徹底してあるはずが、二人とも外しっぱなしだった。

同じ状況が、せつらが来るたびに繰り返されるため、業を煮やした署長が、なぜかけない？ と詰問したことがある。

殺人課のみならず、署員全員がこう答えた。

「見ずにはいられないのです」

それでも、お茶は出たし、屍は三〇分で戻ります、と返ってきたので、せつらは、あちこちにショットガンやロケット砲、火炎放射器にレーザー砲などが立てかけてある一室の隅で、椅子にかけていた。

何回かに分けてお茶を飲み干したとき、不味いとつぶやく前に、屍刑四郎がやって来た。

ドレッドヘアに黒いアイマスクで覆った隻眼、そして、四季の花々をちりばめた上衣を着た名物刑事は、せつらを見るや、石のような厳しい顔を和ませた。

「どうした？〈新宿警察〉中を色ボケにさせに来たんじゃねえんだろ？」

「今日、逃げ込んで来た奴がいる。会いたい」

「ああ、もう人気者だ。〈新宿〉の全マスコミが取材を申し込んで来てる」

「友情」

のんびりした声に、〝凍らせ屋〟は噴き出しそうになるのをこらえた。

「どの口から出る言葉だ」

皮肉たっぷりに返してから腕時計を見て、

「あと七、八分で〈魔界都市タイムズ〉のインタビューが終わる」

と言った。

「何処？」

「一階の面会室だ。断わっとくが、よけいなことはするな。おたくの割り込みで、頭へ来てる連中に私刑を食らうぞ」

「はーい」

屍は棚の段に置かれたカードの山から、一枚を取り出し、申請書とともどもせつらに手渡した。

「どーも」

席に戻って、申請書を書き終えたとき、屍はもういなかった。新しい事件が発生したのだろう。

署内の獄舎へ行って、三重のチタン鋼扉のかたわらのコンピュータに申請書を見せ、カードを差し込んだ。

重々しいモーター音とともに開く扉を抜けるや、

天井に監視カメラ付きの廊下を進んで目的地に着いた。

　八畳ほどの室内に、テーブルをはさんで椅子が置かれ、向こう側に中年の男が腰を下ろしていた。

　憔悴しきった面長の顔が、鋭さを残した眼にせつらを映し、たちまち呆けてしまう。

「大座新八郎さん」

　向かいの席に坐って、

「僕は――」

「よく知ってるよ、秋せつら。これでも〈新宿〉の住人だ。噂なんかより、万倍も色男だな」

「どーも」

　せつらは、ぼんやりと、

「で、〈河田町〉の首引っこ抜きと〈余丁町〉のジャングルジム串刺し事件――共通の犯人に追われているとのことですが」

「ああ、そのとおりだ――あんた、誰を捜してるんだい？」

　男の声は緊張に固まった。

「アンダル王国のラビア王子とそのボディガード＝ソドム・ジャバンゾです」

「依頼人は誰だい？」

「企業秘密」

　普通なら、ふざけるなと叫びたいところだろうが、大座は無言であった。眼の前にせつらがいる。それが理由だ。

「まあいい。で、おれが何か知ってるとでも思ったのか？」

「あなたは、一年前、〈亀裂〉の内部で二人の遺骸を見つけたと、ある人物のところへ行きました。目的は遺骸が身につけていたはずの何かを入手するためです」

　大座がうなずくまで二秒ほどかかった。

「すべてあんたの言うとおりだ。で、ある人物とやらは、何かの正体を知っていたのかね？」

「ノン」

「いきなりフランス人か。しかし、何語を使っても似合ってしまう顔というのも大したもんだ」

「どーも」

「依頼人とは、バスズ・セルジャニだな」

「判りますか?」

「しゃべりまくってるじゃないか」

「ははは」

「彼は何と言った?」

「その人のことは知りませんが、あなたの仲間を殺害したのは、ソドムに違いないと」

「………」

「ソドムは、今どきめずらしい忠臣の中の忠臣でした。王子の遺骸を汚したものを、決して許さないと、依頼人は言いました。つまりソドムはまだ、あなたを狙っているのです」

「おれだけじゃないぜ」

「へえ」

「あの二人を見つけ出したのは、隣国の暗殺部隊だった。おれたちとは、別口さ」

「それじゃ、あなた方は?」

「アンダルの国は、軍のクーデターによって倒れた。軍部の目的は、王族一家が代々秘匿してきたある品にあった。王子はそれを身につけて逃亡したんだ」

「何、それ?」

　せつらの問い方は少しの興奮もない。子供が仲間の手にした玩具を見かけて、何気なく訊いてみたという感じであった。

「わからん。軍部からは極秘裡に選抜されたエリートの捜索部隊が世界中に飛び、その他におれたちが雇われた」

「すると四つ巴――ゴジラとラドンとモスラ対キングギドラ」

「うまいたとえだな。確かにあいつらはキングギドラだった。他の三匹が束になっても勝てるかどうか」

「そちらも他に三人いたはず。それが全滅」

「綺麗な顔の下は魔王サタンか悪鬼羅刹か——言いにくいことを言う。もっとも、怖くて公的機関の助けを求めてきたおれだ。誰にも文句はつけられないか。確かに全滅だ」

「はあ。で、犯人は？」

「ニュース見たんだろ？」

「はあ」

「ひとりは首を引きちぎられ、二人目は鉄棒で串刺し。力持ちの仕業だ。ソドム以外に誰がいる？」

「太古の力持ちが生きてたってこと？」

「いいや、おれたちが目撃したのは、石の柩の中に横たわる二体の木乃伊だった」

「何処で？」

「〈亀裂〉の底だ。周りには十人近い死体が転がっていた」

「わお」

せつらは宙を仰いだ。現場を想起したのである。


「おれたちの前に木乃伊を運び出そうとした連中だろう。みな、首を引っこ抜かれていた」

「抵抗の跡は？」

「武器も転がっていたよ。最新式のアメリカとロシアの重火器がな。バズーカも榴弾砲もレーザーもあった。どれも役に立たなかったわけだ」

「使われた？」

「どれも砲弾やエネルギーは尽きていた。必死で戦った末路だな」

「木乃伊が暴れた映画なら何本か観たけど、やはり眠りを妨げられた腹いせかな」

「恐らくな。この街じゃあよくあるが、最新兵器が役に立たないとは、正直思わなかった。発見したときは、まだ眠っていたから、大型の輸送用ドローンを〈亀裂〉に入れて運び出そうと連絡を取ったが、電波障害で無線をはじめ運び込んだあらゆる通信手段が通じず、手をこまねいているうちに、柩の蓋が開いて、大男の木乃伊が出現したという」

「柩の蓋」

せつらは少し首を傾げて、

「柩はそこにあったの？」

「ああ」

「すると、二人は柩に入ったまま〈亀裂〉へ落っこちたと」

「そうとしか思えん」

「乗ってたのは、渋谷で拾ったタクシーだそうだけど」

大座が思いきり眉を寄せた。

「並んでる柩を見つけたときは、やったぜの気分で気にもならなかったが、上への連絡が取れなくなっている間に、おれもそう思った。あんなものが、タクシーに積んであった筈はねえ。だが、その常識を崩したのは、柩それ自体だった。石をくり抜いて、表面にもそりゃあ見事な彫刻が彫ってあった。まさか、一万メートルの地の底で、誰があんなものを彫りあげたというんだ？」

「看守のおっさんならやるけどね。しかし、あれは〈魔震〉の初日だ。まだ、みんな普通だった」

「なのに、タクシーに積めるはずのない柩が地の底に横たわり、そこからでかい木乃伊が出て来やがった」

「包帯は？」

「ありゃ映画の話だ。干からびちゃいたが、かなり生前に近い体格だった。いくら、炸裂弾を射ち込んでも、穴はすぐ塞がり、六千度のレーザーを浴びせても同じだった。火炎放射器も使ったが、ぼろぼろに崩れた後に、干からびた肉が盛りあがって来た——よくある話だ。再生細胞を使えば誰でも可能だが、あれはおかしい」

「おかしい？」

せつらの反応に、大座は眉をひそめて、

「干からびた欠損部が、まともな肉や皮膚に変わるならわかる。だが、干からびたままというのは、再生細胞の力とはいえないだろう」

「妖術か魔法」

これも〈新宿〉にはよくある手だ。九九パーセントの不可思議は、これで納得し得る。だが、大座は小さく頭を振った。

「おれもそう考えた。だが、音がしたんだ」

「どんな音？」

「虻の羽音——というより、低いモーターの唸りかな。それも、ギリ近くの人間の耳に入るくらいの」

「機械仕掛けの木乃伊」

のちに、せつらのつぶやきは当たらずといえども遠からずとわかるのだが。

「よく助かりましたね」

「こういう時は、仲間に関わらずに逃げるのがいちばんだ。順序の問題さ。おれが二人目だったら、最後のひとりもそうだろう。誰もお互いを怨んだりはしないぜ」

誰かが拍手してもいい宣言だったが、聞いた相手は、

「逃げついでにここへ？」

途端に、大座の表情が黒く変わった。

「ああ。追って来る。何処にいても、あいつ——あの木乃伊は追って来る。眠っていた王子の墓を暴いた奴は、何処にいても追われ、そうして殺されるんだ」

「男らしく対決したら？　警察も迷惑だ」

「勝てねえ戦さをする奴は莫迦さ。ここにいりゃあ、奴も手は出せまい」

「甘い」

「なにィ？」

「必ず殺されるって言った」

「………」

「殺されないためには攻撃しなくちゃならない。けど、どんな攻撃も通じないんだろ？」

「それはそうだ」

「確認しに来たな」

とせつらは言った。

「——何をだ？」

「木乃伊の弱点を」

「…………」

「〈新宿警察〉には、〈区外〉には存在しない妖魔用の武器が揃ってる。それで処分させよう」

「邪推だよ」

　大座は笑った。

「こわばっているけど。頬」

「うるさい」

　大座が罵った瞬間、緊急警報が、照明の点滅を子分に、満を持してけたたましく鳴りはじめた。

3

〈署〉の受付へ現われたのは、商人ふうの男女二名であった。しょぼくれた歩き方といい、生活に疲れた風情といい、出入口の体内深層部放射線検査でも異常はなかった。

　もたもたした足取りで受付に行き、

「財布落としたんですけど」

　と男のほうが言い、

「一万円も入ってたんだよ」

　と女が訴えた刹那——二人は爆発した。

〈新宿警察〉の職員たちは、全員このような場合の緊急対応処置を受けているし、来訪者と彼らを隔てる透明金属のスクリーンは、五千度に達する炎と大型戦車を吹きとばす衝撃も難なく撥ね返した。

　ついで侵入して来た十機のドローンのうち八機は玄関前で撃墜され、残る二機も、署内へと放ったミサイルは、先刻の爆発寸前に下りてきたシャッターで無効にされた。

　署内には殆ど動揺はなく、パニックも生じなかった。署員たちに言わせれば、「よくある話」だったのである。青ざめた大座に比べてせつらがあわてなかったのも、そのせいであった。

　だが——

いきなり、左の壁をぶち抜いて、拳(こぶし)と腕とが現われたときは、さすがに、

「あれ？」

と口走った。その壁が裏庭に面しているとは知っていたが、少しはまさかと思ったに違いない。

大座は、悲鳴を上げた。

天井から降下して来た旋回レーザー砲が侵入地点を向く。本来は麻痺(パラライザー)銃が使用されるべきだが、侵入方法の荒っぽさは、殺人兵器を選ばせた。

もう一度、壁面が吹っとび、今度は全身が現われた。

「お洒落(しゃれ)」

とせつらがつぶやいた。

侵入者は二メートル超の体軀(たいく)を誇る男であった。平凡な茶の上衣と濃紺(のうこん)のシャツだが、それなりのセンスのよさを感じさせる着こなしであった。せつらの感想はこちらのほうを差していたのだろうが、頭から巻きつけた白い衣が顔全体と両手を覆い、奇妙なアクセントを形づくっていた。

真紅の光条に貫(つらぬ)かれて、燃え上がった部分は次の瞬間消滅した。

「ははあん、これか」

せつらの眼が光ると、ドアが精確(せいかく)にそのサイズに切り抜かれて向こう側に倒れ、伸びて来た白衣の手から、大座は椅子ごと外へと飛び出して行った。

以後、この男の消息は知れない。

「裏にも監視装置と防御機構はぬかりないけど、役に立たなかったな」

せつらの声は、あくまでも茫洋としている。凄絶な思いを抱(いだ)いた者にすれば、はらわたが煮えくり返る思いだろう。

だが、包帯男の動きは悠然(ゆうぜん)たるものであった。無用に急がず、それでいて精確そのものにせつらの方へ近づいて来る。

摑(つか)みかかるふうに。

「一応、無関係」

せつらは自分を指さした。

眼前に手が迫る。

それが、ふいと横にそれた。

巨体がドアの方へ向かう。せつらには眼もくれない。

「死ぬ前は善人」

巨人の前で、倒れたドアが持ち上がった。

見えざる糸によって立ち塞がった鉄の板に、巨人は拳を叩き込んだ。

「無鉄砲」

とせつら。ドアはびくともしない。

その耳の奥で鼓膜（こまく）がある音を紡（つむ）ぎ出した。

新たな一撃がドアを歪（ゆが）ませた。

「へえ」

三発目でドアが外れた。

その向こうから、警備員の足音が波のように寄って来た。

なおも追おうとした巨人の動きが急に止まった。

見えない糸に縛（しば）られた身体へ、

「ラビアのところへ連れて行ってくれない？」

とせつらは声をかけた。

巨人がふり向いた。この瞬間、動きを封じる限界まで食い込んだ妖糸（ようし）は、巨人の肉を食い破ったはずであった。

顔に巻かれた布地の間から赤光（しゃっこう）が洩れた。憎悪の光であった。ミスを犯したとせつらは悟った。怒らせてはいけないものを怒らせてしまったのだ。

「ヤバ」

つぶやいた瞬間、巨人の動きが止まった。痛みのせいではない。真正面からせつらの顔を見れば、自動的に魔法が作動する。その結果は、巨人でも例外ではなかった。

「血が出ない」

とせつらは言った。

「そして、音がする」

突然、巨人の全身がかすんだ。凄（すさ）まじい振動が

次々に食い込んだ妖糸を外し去るのを、せつらは感覚した。

巨人は背後――自分の開けた穴へと突進した。風を巻く速さだった。

せつらが下ろしたドアから、警備陣がとび込んで来たときには、もう庭へ消えていた。

この後、彼は取り巻く石壁をワンジャンプで跳び越えて姿を消した。途中、二度麻痺線を射ち込まれたが、ぴくりともしなかった。

後を追った二機のドローンは、ふり返りもせず肩越しに放った小石で撃墜され、巨人は人々の眼から消えた。

当然、呼び出された取調室でせつらは大座の行方を尋ねたが、警備員二人と外へ出た後で、彼らを叩きのめし、片方の制服をまとって姿を消していた。

それを聞いて、

「〈新宿警察〉面目丸つぶれ」

こうせつらが言うと、担当の係官は、うっとりとうなずいた。

せつらはその足で、〈メフィスト病院〉へ向かった。事情を話すと、

「どんな音だったね？」

と白い院長は訊いた。

「うぃーん」

とせつらが真似をすると、彼はせつらが想像もしなかったひとことを口にした。

「――まさか」

「え？」

「一度だけ実現させた者がいると、我が師から聞いた」

ドクトル・ファウスト、とせつらは胸の中でつぶやいた。

この老魔道士の名を口にして、良いことがあった例はない。

「で？」

「永久機関だ」

「あーあ。死なないわけだ」

不死身の謎はこうして解けた。

「それだけではないぞ。永遠に尽きることのないエネルギーを注がれ続ければ、人は老いることを知らぬ」

「不老不死」

と言ってから、

「あーあ」

とつけ加えるせつらへ、魔界医師は冷たい視線を当てた。

「退屈なことはわかるが、〈新宿〉でも中々に信じられんメカニズムだ。少しはお愛想をしたらどうかね？」

「わあ、びっくりした」

眠そうに言った。

「あれって応用が利くのか？　僕が見たのは、ひたすら回転する鉄の輪だったけど」

「生物に応用すれば、破損した肉体もすぐに修復する」

「でも、木乃伊だよ」

「死者も生き返る」

「どーゆー理屈？」

「生命をエネルギーと考えたまえ」

「でも、死んでしまったら、エネルギーもゼロだけど」

「そうなる前に、応用したのだろう」

「ははーん」

せつらは宙を仰いだ。

「それじゃ、今この街には、最低ひとりの不老不死者がいるわけだ」

「そうなるな」

「秦の始皇帝もびっくり。誰が完成させた？」

「恐らく古代の名もない一学者だろう。しかも彼は、これを世に出してはならないという理性も備えていた」

「でもさ」

「栄誉は求めずとも、業績は残したい――恐らくは、何処ぞやの廃墟の奥に眠っていたものだろう。何者がそれを見つけ出したにせよ、内在する神秘の力には無知だったに違いない。人手を巡るうちに作動しなかったのも、紛失しなかったのも奇蹟に近い」

「守り神が憑いてた?」

「個人の生命もそうだが、永久にエネルギーを提供するシステムは、あらゆる産業に応用できる。世界中の企業が入手を渇望するだろう。そのトップは――」

「軍需産業」

「この件に関わるなら、その木乃伊よりも、〈区外〉からの敵に用心することだ。雲霞のごとく押し寄せてくるぞ」

「ふふふ」

　せつらは意味ありげに笑ったが、どこか嘘くさい。

「手は打ってあるのだ」

「〈区長〉、いいんですか、〈区民〉にも知らせず、緊急〈入区〉規制を出したりして?」

　押しかけて来た〈副区長〉と〈広報局長〉の抗議に、梶原〈区長〉はそっぽを向いて、

「かまわん。ある筋から、〈区外〉から〈危険度S〉の侵入者が大量にやって来るとの情報があった。所内に動揺でもあったか?」

「いえ。慣れておりますから」

　と〈副区長〉が応じた。

「公報へ掲載するのも差し控えておりますが、金田労務局長あたりは、また〈区長〉の尻尾をつかんだとほくそ笑んでおります」

「あんな二枚舌は放っておけ。じき解雇してくれる。その前に、事故に遇わんといいがな」

　二人が去ると、梶原はぼんやりと大窓の外に広が

る〈魔界都市〉の街並みを眺めた。

しかし、彼が見たものは、少し前に訪れ、梶原の手を握る代わりに、ある要求をしていった世にも美しい顔の主であった。


〈メフィスト病院〉の次にせつらが訪れたのは、古代エジプト女王のマンションであった。

「午睡の時間に何用じゃ?」

相も変わらずたかビーな物言いも、頰は赤い。

「永久機関のことで」

せつらが切り出すや、女王の瞳は異様な光を放った。

「貴女の時代、西の隣国で作り出されたものとか。何か知ってる?」

「よくは知らぬ」

女王はあっさりと言った。

「だが、ガルドから逃亡して来た役人と、旅の商人から幾つかの噂は聞いた」

「どうすれば、止められる」

「止められぬゆえの永久機関ではないのか。矛盾しておるぞ」

「うーん」

せつらは小首を垂れて、困ったような表情をこしらえた。

女王の顔にこのとき以外はあり得ない表情が浮かんだ。同情の色か。

「ガルドとは、わらわの治世の間に三度ぶつかった。うち二度は敗れたが、三度目で永遠の勝ちを収めたことよ」

「じゃあ、最初と二度目に?」

「そうじゃ。彼奴らは巨人兵をこしらえて来た」

「巨人兵?」

「身の丈約五メートル、目方は二トンもあった。幾ら弓を射て、岩塊を叩きつけても、びくともせなんだ。我らの城壁は軽々と乗り越えられ、戦車も兵も踏みつぶされたのじゃ」

往時の記憶は生々しく残っているらしく、女王の眼には憎悪の光があった。

「じゃ、どうやって？」

「わからぬ」

と女王はあっさり答えた。

「都まであと一キロという地点で、彼らは突然停止し、その場に崩れ落ちた。文字どおり崩れたのじゃ。巨体は遺体となる暇もなく、塵と化しよった。永久機関の噂は聞いておったから、それが停止したのだろう」

「調査はしなかったの？」

「ガルドを滅ぼしたのは、一年後じゃ。それまでにあらゆる仕掛けは破壊されておった」

「しかし、完璧なメカとはいえないな」

せつらが首を傾げた。

「それをまた、造り出した奴がいる」

「面白そうな謎解きじゃな。よければいつでも力を貸すぞ。このところ暇を持て余しておる」


ミスティの笑みには、欲情ともいうべきものがこもっていた。

第二章　復活の危惧（きぐ）

1

〈三丁目〉のバー「アルテミス」は珍しく空いていた。

「やんなっちゃうわねえ」

とママが愚痴ったところへ、

「あ。来ましたよ」

カウンターの奥でいかさま賽を弄んでいたバーテンが、戸口の方を見た。グレーの上衣に同じ色のシャツとズボン。顔色まで同じだ。

ママは露骨な溜息をついた。

「いらっ――」

まで言ったところへ、客はカウンターに輪ゴムで丸めた札束を置いた。

「紹介料だ。〝武器屋〟に会いたい」

声を低めるでもなく要求した。

丸めた札を一〇万と踏んで、
ママは小さく、

「追われてらっしゃるのね」

「そうだ」

男ははっきりと口にした。それが置かれた立場の非情さと、追う者の凄さを物語っていた。

「早くしろ。奴が来たら――おまえたちも危ない」

その口調がママに決心させた。恐怖に嘲笑が混じっている。敵は男の言うとおりの存在なのだ。

「トイレの隣が荷物室になってるわ。入ったら、照明のスイッチを三回押しなさい」

男がドアの向こうに消えると、

「何か危いわね」

ママはバーテンへ、

「しばらく外へ出てよう。裏から出て、シャッターを下ろすわ」

鉄の扉が下りた頃、男は、

「大座って者だ。武器が欲しい」

と、ゴマ塩頭にTシャツの男に申し込んでいた。

「この〝アームマン〟のところへ来たんだ。よっぽどの相手だな」

　グレーだらけの男は、

「ああ、不死身だよ」

「任(まか)しとけ。そんな連中はこの街にいくらでもいる。何百匹も始末してきたぜ。で？」

　男――大座はリュックの中から、緑色の袋を取り出して、〝アームマン〟――武器屋の前へ置いた。

「確かめさせてもらうぜ」

「ああ――早くしてくれ」

　大座の声は低くつぶれていた。

　袋の口を開いて覗(のぞ)き込み、〝アームマン〟は眉を寄せた。

「これは――オスマン家の紋章か。たった一〇年で歴史に埋もれちまった珍品だ」

　〝アームマン〟は袋の口を閉めて、うなずいた。

「よかろう。これひとつでうちにある武器は、トップ以外何でも購入できる。但(ただ)し、〝死者〟にイケるのは上の二つだけだ」

「二つとも買えるか？」

「いや、ひとつとバーゲン品が二、三だね」

「オッケーだ。ここで試しはできるよな？」

「任しとけ」

　〝アームマン〟は右方のテーブルに置いた家電(いえでん)に手をのばした。発信音がけたたましい。

　その顔が一瞬、緊張し、すぐににやりと笑った。

「わかった。入れろ」

　と告げて切り、大座に笑いかけた。

「いいタイミングで実験台が出来た。ここの武器を狙(ねら)ってる組織のヒットマンが、そこまで来てると、監視役から連絡があった。喜べ、〝ゾンビ使い〟だ」

「タイプは何だ？」

　不死者の代表格なのは、〈新宿〉でも変わらない。

　しかし、ゾンビ化の原因は、幾(いく)つかに分けられ、タイプによっては対処法も異(こと)なる。

　最もポピュラーな〝魔法タイプ〟は、出自といわれるハイチのブードゥー呪術から生まれるもので、これは殆ど人間と同じ行動を取るため、見分けがつきにくいが、バレれば斃すのは簡単だ。対抗魔法ひとつで腐れ果てた死人に戻る。次の〝妖気タイプ〟は、魔力によらずこの街に漲る妖気によって半死人化する。ゾンビ化まである程度の時間もかかるし、火器による攻撃で斃せるが、元が罪なき一般人であるため、家族からのクレームも多く、容易に手を出せない。最後の〝感染タイプ〟だが、これがある意味いちばん厄介で、不死身は同じだが、他の二種と違って、蘇生原因が薬物のため、細胞レベルで不死化が行き渡って、それこそ煮ても焼いても食えない。他のに効果充分な火炎放射器やナパーム弾で焼き尽くすことも不可能なのだ。しかも、他のタイプと異なり、噛まれて死んだ者も、助かった者もゾンビ化するという、吸血鬼みたいな増殖能力を誇る。大座の問いはこのためであった。そして、答えは、

「〝感染タイプ〟だ」

　最悪の卦が出たらしい。

「だから、役に立つ。じきに来るぞ」

　戸口の方に顎をしゃくった。床上や壁のショーケースにはこの街で合法な武器が並んでる。二人は店内で会話をしていたのだ。

　ドアの曇りガラスに人影が滲んだ。大座は壁上の監視用モニターを眺めていた。

　三人。ラフなジャケットにジーンズ姿が二人。普通の顔立ちだが、大座はひとめで〝もどき〟マスクだと見破った。

　ドアが開いた。〝アームマン〟はロックしなかったらしい。

「らっしゃい」

　〝アームマン〟が笑顔を見せた。両手はカウンターのこちらにある。

「合法から非合法まで、いろいろ取り揃えておりますぜ」

二人は戸口に立っている。後から入ってきたこれは本物のスーツ姿が、

「決心はついたかい？　ここを丸ごと売り渡すって？　これが最後通牒だぜ」

「そちらの言い値の一万倍だ」

〝アームマン〟の返事に、スーツ姿はうなずいて一歩下がった。

二人組がケースを跳ねとばして近づいて来た。

〝アームマン〟の両手が現われ——火を噴いた。二人組の頭部が、柘榴みたいに弾けとぶ。

「炸裂弾だ。映画だと、これでＯＫなんだが」

立ちすくむ〝感染者〟の首の破砕面から、何やら赤黒い塊がせり出して来た。

「復活」

と〝アームマン〟がつぶやいた。それから、

「お愉しみは、これからだ」

グロックを放り出し、両手をカウンターの内側へ戻した。

「見ておきな」

取り出したのは、旧式のクロスマン炭酸ガス銃であった。

「よく見ておけ」

かすかな噴射音は三度連続した。

顔が出来上がりかけた二人と、奥の付き添いの胸でカプセル様のものが弾けた。

そこから黒い染みが水に垂らした墨汁のように広がったのである。

スーツ姿が悲鳴を上げて、戸口をふり返った。その顔も背も前方から広がる染みに覆い尽くされた。

〝感染者〟が黒一色に染まるや、どっと崩れた。黒い染みが残り、それも少し広がって、止まった。

スーツ姿も跡形もない。

「食肉虫か——アフリカのどこぞやで凶暴なのを開発中と聞いていたが——さすが〈新宿〉だ」

大座が額の汗を拭った。無理もない。

この店で扱うのは銃火器のみではないと知っていたが、まさか生物兵器とは。

　だが、不死者は消えた。

「食い尽くすための時間は相手にもよるがほぼ五秒。次の一秒で虫たちも死滅する。他人に迷惑はかけん」

　大座はケースに置かれたクロスマンを見つめた。

「これなら」

「木乃伊(ミイラ)だろうが、不死者だろうが、骨まで食われたら、化けて出るしかない。そこまでは保証しかねるが、どうする?」

　大座はうなずいた。

「よかろう。弾は三〇発だが、サービスで二〇発——計五〇発付けよう」

「助かるよ」

「早いところ、行くがいい。相手はまだあんたを捜(さが)してるんだろ?」

　大座はクロスマンを手に取った。肩までずしりと来た。二キロ近くある。これなら反動で狙いがズレることもない。

　店を出た大座の顔は、やや穏(おだ)やかであった。夕暮れが迫っていると、空が教えている。


　その夕暮れどき、〈旧区役所通り〉に面して立つ花屋へ、二メートルを超す巨体が入って来た。

　応対に出たのは、一〇歳に満たない金髪碧眼(へきがん)の少女であった。

「あら⁉」

　つい出てしまった。

　巨人は顔も手も白い布で覆われていたのである。顔はわからない。だが、布の合わせ目から少女を映す瞳は優しかった。

　店内を見廻(みまわ)しているので、

「どんなご用事にお使いですか?」

　巨人は動きを止めて娘に視線を当てた。

「死者にたむける花が欲しい」

流暢（りゅうちょう）な日本語であった。

「お身内でしょうか？」

「そうだ」

「では」

娘は店の少し奥に飾られた百合（ゆり）の前へ進み、

「こちらはいかがでしょう？」

と訊（き）いた。

「死者にはきらびやか過ぎる」

「いえ、こちらです」

可憐（かれん）な手は、白香絢爛（びゃっかけんらん）たる百合のかたわらに据えられた紫の花を差していた。

「これは？」

「リンドウと申します。愛（いと）しい方の墓前にはうってつけかと」

「なぜ愛しいとわかる？」

「お声の感じで」

「そうか——ここはいい花屋だ」

「ありがとうございます」

「数は任せる。包んでくれ」

「承知いたしました」

「金以外の支払いでもいいのか？」

「はい、結構です。カードですか？〈区〉のカードなら、全品一五パーセント引きになりますが」

男のかたわらのショーケースが、硬く小さな音を立てた。

紺碧（こんぺき）の瞳が小指の先ほどの赤紫の小塊を映した。

少女は花を包み、巨人に渡してから、代金をプライス・カウンターの上に置いた。

数字が出るや、眼を剝（む）いた。

「あの——一四九万八四二七円のお返しになります」

ふり返ってそう告げる眼の前で、店のガラス・ドアは自らの重さで、ゆっくりと閉め切るところだった。

一時間とかからぬうちに、空気の蒼（あお）みは濃さを増し、布面の巨人は、〈亀裂〉の底にいた。

そこが〈魔震〉の当日、一台のタクシーが落下したところだと、もう知る者もいない。

無雑作に置かれた紫の花束の前に、巨影がひっそりと立っていた。

すでに祖国のしきたりは済ませ、今の彼にできるのは、立って偲ぶことであった。

地の底を這う妖しい影が彼に近づき、その哀しみに打たれたかのように退いていった。

「……様」

と話しかけたとき、別の者が返事をした。

「ラビア様だね」

巨人はふり向いた。

広場といってもいい空間の片隅である。声の主は一〇メートルも後ろに、一〇個近い影を伴っていた。

「ゴーシェンの手先か?」

と訊いた。彼の国の言葉であった。

「とぼける必要もあるまい。そのとおりだ。現アンダル共和国国防省の海外工作局・特別工作隊Z——自分は隊長のシャーランだ」

2

「何の用だ?」

巨人はまた見えない墓所へ向き直った。興味を失ったというのではなく、最初から洟も引っかけていないのだ。

「今日は君とラビア王子が〈亀裂〉とやらの底に呑まれた日であったな。そして、君だけが地上へ這い上がって来た。どんな生き物でも助かるはずのない地の底からな。我々がここへ来たのは、その秘密を手に入れるためだ」

「ラビア様は、ゴーシェンの裏切りで国を追われ、この地の底で非業の最期を遂げられた。その怨みをおれは忘れておらぬ。ラビア様の墓を暴いた三人を始末してから、奴の首を貰う」

「そうさせるわけにはいかんのだ。今ここで引き渡してもらおう」

「あれは、おれの内部にある。それが何を意味するか、わからんではあるまい。それがおれをどう変えたかもな」

「いかなる武器も効かんらしいな。だが、これならどうだ？」

背後の二人が前に出た。腰だめにした銃口からガスの迸る音がソドムに届いた。

巨人はよろめいた。

「ガスか」

とつぶやいて倒れた。

シャーランの左右から別の隊員が走り出て、軽々と巨人を担ぎ上げた。筋力増幅薬を服んでいるらしい。

エレベーターで地上へ出ると、この場合にそぐわない車が待機していた。

何のトラブルもなくそれに乗せると、二人の付き添いの他は自分たちのリムジンに乗り込み、走り出した白い車の後を追った。


「麻酔ガスとは意外と原始的な手法で捕まったな」

繭型の検査ポッドに収まった巨体を見下ろし、ドクター・メフィストは、病室のドア近くに立つシャーランをふり返った。無論ここは〈メフィスト病院〉であり、巨人を運んで来たのは、病院の〈救命車〉であった。

「これまでに舐めさせられた辛酸にくらべれば、あまりの呆気なさに、気が遠くなりそうです」

とシャーランは苦々しい表情になった。メフィストは無反応に、

「御国からの要請に従い、被検者の全身走査を実行に移します。現場の方々として異存はないのでしょうか？」

「我々は国のために動いております。何卒よろしく」

全身検査室を出て、シャーランは待合室へ、メフィストは反対側の方角へ歩き出した。

二度、角を曲がったとき、白いケープの右側に漆黒のコート姿が並んでいた。

「いつから彼らを尾けていた？」

「さっきの患者が、従兄弟のやってる花屋に来たとき、僕は通りの反対側にいたんだ。従兄弟に会うつもりでさ」

「秋ふゆはる」

とメフィストはつぶやいた。

「一度、あの仮面の下の顔を見てみたいものだ」

「不細工だ」

「他人に対する君の言い分は信用できん。とりわけ顔に関してはな」

言い放ったメフィストへ、

「国と契約しているとは知らなかった」

とせつらは横目でにらみ、

「患者の体内に見つかったのか？」

「まだだ。永久運動装置が必ずしも日常的なメカニズムのサイズとは限らん」

「そりゃまあね」

「ところで何の用だね？」

「検査が終わったら、あいつらに引き渡すつもり？」

「そういう契約だ」

「恥を知ったら？」

「どういう意味だ？」

メフィストが足を止めて、せつらをねめつけた途端、照明が一瞬翳った。

「どうした？」

メフィストが低く訊いた。女の声が、

「検査中のポッドから、患者が脱走いたしました。じき、ロビーに到達します」

「〝迷路〟を設定したまえ」

「了解」

「あれ使うの？」

とせつらがめずらしく咎めるような視線を白い医師に当てた。

「そうだ」

「一歩間違えると、おかしなところへ行くよ」

「やむを得ん」

「あーあ」


巨人には、人々のささやきに近い話し声が聞こえていた。そちらが出口になるのは間違いない。

廊下は右へ折れている。

巨人は立ち止まり、眼をしば叩いて、状況を理解しようと努めた。

前方には同じ廊下が続いている。

話し声は同じだ。数も大きさも変わらない。だが、廊下は真っすぐ果てしなく続いているように見えた。記憶の何処かに、同じ状況が揺れていたが、彼はすぐ歩き出した。

「ほお」

と眼をかがやかせた黄金の糸を捩り合わせたドレスの美女へ、街頭の〝迷路屋〟は、にんまりと笑いかけ、

「お姫様もどうですかい？　上手く抜けられりゃ、そこのダイヤを進呈しますぜ」

男と女の前の路上には、五〇センチ四方の木の箱が置かれている。箱の中身は幾何学的とも出鱈目とも取れる迷路であった。通路はすべて左右にミニチュアの壁が立ち、ズル抜けを防いでいる。

一万の料金を払って敗退していく客たちを見た上での挑戦なら、万年一夜のごとしだが、〝迷路屋〟の親爺を驚かしたのは、この女の身なり風格美貌ばかりでなく、前を通りかかったのが、急に近づいて来たからだ。

「やるかい？」

「やる」

「では、この棒を持って、『入口』からお入り。その前にほい、一万」

女はドレスの内側に右手を入れた。取り出した札束の厚みに寄って来た客たちがざわめいたが、次に息を呑んだのは、両膝を浮かせて腰を下ろした女が、邪魔だとばかりにドレスの裾を後方に引いて、何とも肉感的な両腿を露出させたときである。

しかも、女は自らの行為の効果を熟知しているかのように、さらに腿を開いて、〝迷路屋〟の親爺の視線を導いたのである。

「慣れてるね、女王様」

と呻いた親爺の声は粘ついていた。

「けど、おれも〝歌舞伎町の迷い屋〟と呼ばれた男だ。女の腿とその奥を覗いたくらいじゃ、頭に血は昇らねえよ。〝迷路〟もやわくはしねえ。さ、始めようや」

女は入り組み錯綜した通路の端から棒を進めていった。

「断わっとくが、この〝迷路〟にゃいろいろと邪魔が入る。スペシャル版だ。あんたみてえなスゲえ客用のな」

女の棒は、かまわず進み、別の通路へと入った。

その瞬間——

巨人は声もなくのけぞり、ふり向いた。首のつけ根から腰まで、青い包帯は一直線に切り裂かれていた。その下の皮膚と肉もろともに。みるみる紅い染みが広がっていく。

「戻りなさい」

機械的な声を出したのは、マスクに手術帽、白衣姿の医師であった。

「私は迷った患者を元の部屋へ送り返す医師だ。戻りなさい」

驚愕の叫びを上げて、野次馬たちが跳び下がったのは、迷路上に不意に出現し、小さな手首から先とその手に握られたメスが、ひと振りされるや、女王の背に赤い線が走ったからだ。

「やるのお」

と黄金の衣裳の女は笑った。

「だが、まだまだじゃ」

こう言って、女は棒の先で、少し先の空間に一線を引いた。

野次馬たちが、あっと叫び、〝迷路屋〟は——

眼を剝いた。メスを手にした医師の眼前で、切り裂かれた巨大な背の傷は跡形もなく塞がり、血の染みさえも、逆高速回転のフィルムのように失われていったではないか。医師は呻くように、

「これは恐れ入った。私の手には及ばぬ。次に任せよう。しかし——」

「たまげたぜ。あんな深傷がきれいに消えちまうなんて。衣裳も元のままだ」

「あんた一体何者だい？」

口々に尋ねる野次馬たちには耳も貸さず、女王は歩を進めた。

「ふむ」

と止めたのは、その前方に渦巻型の道が二つ並んだ地点であった。

「正しい方へ行けば出口、誤ったら永劫に迷路から出られない。さて、どうする？」

巨人が立ち止まってから一分が過ぎた。さすがに考えあぐねたのか、四方を見廻すが、光景は同じだ。おかしな医師との遭遇地点、から三〇〇メートルほど歩いた同じ場所だ。

突然、所在なげな姿に変化が生じた。

巨体が左方の壁へ大股で歩き出したのだ。

〈メフィスト病院〉の白い壁は、突然の打撃に震えた。

続けざまに三発、凄まじい連打を叩きこみ、その部分に右手を当てて、患部を探る医師みたいに指を這わせてから、彼は一歩下がって再び猛打を叩きこんだ。今度は熄まなかった。何かに憑かれたように、巨人は拳を奮い続けた。

白布を巻いた第一関節に血が滲み、布が裂け、次の一発を打ち込むときには消えていた。一秒足らずの崩壊と再生——巨人はそれを繰り返しているのだった。

「女王様、ミスったねえ」

〝迷路屋〟は、同じ通路を巡りつづける女王に愉しげに笑いかけた。

「そこへ入ったら、もうアカンのよ。出口へも行けねえし、後戻りもできねえ。さ、料金払って帰りな帰りな」

小憎らしいにやにや笑いが、そのとき凍りついた。

盤を見下ろす女の口元から、含み笑いが洩れたのである。それは海千山千の大道芸人がはじめて耳にする、誰をも凍りつかせる不気味な笑いであった。強いていえば、一〇〇パーセント勝つと決まったとき、敗れるべき敵軍の兵が、一斉に笑い出し、しかも、一〇〇パーセントの勝利を信じて、それが間違っていないとわかる——その感じであった。

「確かに、これでおしまいじゃ。おまえのルールに従えばな」

と女王は言った。

「だが、迷路——というより製作した奴の欠陥は、相手が諦めると信じていることじゃ。では、諦めない相手はどうするか」

女は棒をふり上げ、迷路の壁に突き刺した。

「あそこを脱けたか」

院長のつぶやきに、集合を命じられたスタッフは、しみじみと恐ろしいことが起こった、と納得した。ドクターが作り出した〈迷路〉に迷う前に、壁をぶち抜いて逃亡した男。

闇に埋められた破壊孔をしげしげと覗き込む、スタッフ以外の若者がいた。

「物理的に作り出した迷宮なら、確かに力で打ち脱ける。けど、これはやり過ぎだった」

せつらは笑みを浮かべていた。幾ら何でも桁外れだというつもりか、迷路のエネルギーを凌ぐエネルギーは何処から出て来たものか。

「永久運動機関」

と言ったのは、ドクター・メフィストであった。

「じゃ」

せつらはそれだけ残して背を向けた。

「君の技で脱出できるかね？」

「多分——ただし、こちらも酷い目に会うと思うな」

「ふむ——どんな？」

「外へ出たけど老いさらばえて死ぬ」

「この〈迷路〉は、物理的な力を使っては絶対に出られない」

「物理を越えたパワー」

せつらの言葉に、二人は顔を見合わせた。

「もしも、この力を使い続けたらどうなるか？」

「地球を少しずつ砕いてゼロにすることも可能だろう」

「わお。それじゃ」

せつらは片手を上げてきびすを返し、そこでふり返った。

「もう普通に戻してあるよね？」

「大丈夫だ」

「どーも」

とせつらは歩み去った。これから、別の用があるのだった。

3

せつらの目的地は〈大久保二丁目〉に立つ簡易宿泊所であった。

広い通りの左側に貸しビルにはさまれてそびえる建物は〈魔震〉の三〇年前からそびえ、よく保った——から、何かいるなどの評判まで様々だ。

せつらはその裏手から入った。宿泊所の手前の小さな公園の前で立ち止まった。

ひとつだけ残った街灯の光の中に、黒い影が点々とブランコやジャングル・ジムを埋めている。

通行人の気配はない。

「TT団」

そう知れたのは、影たちがみな小柄で、手に手に小型のハンマーやドリル、チェーンソーなどを摑んでいるからだ。

「TT——悪戯か持てなし（トリック・オア・トリート）というのは、海外では、万聖節での、子供たちのお決まりで、近所の家々を廻り、この台辞を放ってお菓子をせしめるのだが、〈新宿〉ではここ数年、得体の知れぬ少年たちによって、生命による持てなしの要求が頻発し、警察の悩みの種と化していた」

頭から爪先まで黒い衣裳で身を包んだ殺人集団は通行人はもとより、鍵のかかった家々も襲い、金品を強奪、そして住人の皆殺しを計るため、金よりも殺人目的の集団ではないかと言われ、〈区〉を挙げての逮捕劇が展開しているが、今も壊滅には到っていない。

せつらの気配を感じたか、あるいはセンサーでもあるのか、全員がせつらの方を向いた。

いちばん近い何人かがベンチから立ち上がったが、ひとりがその前に立ちはだかった。

「秋せつらだ」

と言う声が聞こえた。それで動きが止まった。死神にも死神はいるらしい。

せつらは無言で通りを下り、宿泊所の前へ来た。

分厚いだけが取り得の木のドアを開けると、すぐ右手が管理人室である。小さなガラス戸の向こうに、白髪の老人が腰を下ろしていた。

不機嫌しか知らなそうな顔が、みるみるとろけ、頬に赤みがさす。

せつらは絶対に途中でエンコしそうなエレベーターをやめ、階段の手前で宙に舞い上がった。老人は見たはずだが、驚きの声ひとつ上げなかった、あれくらい美しければ、なんでもできると思ったのかもしれない。

妖糸のエレベーターで一気に四階まで上がったせつらは、44のナンバーの前で足を止めた。

チャイムを鳴らすと、

「誰だ?」

怯えきった男の声は二〇代だろう。

「奥様から言われて来ました。金辺泉三さんですね」

「だ、誰だ?」

「秋が来たの秋です」

「帰れ。ここにいると危ないぞ!」

「なぜ?」

「TT団がじきに来る。周りの連中はまだ知らないが、おれはあいつらに狙われているんだ」

「公園に集まってたけど、何でまた?」

「あいつらの団長の正体を知ってしまったからだ」

「へえ」

「もう行け!」

声が叫んだ途端、下方で悲鳴が上がった。管理人らしい。エレベーターが下降していく。

「来た!」

「大丈夫。この階へは上がれない」

「え?」

相手の声には驚きより疑問の響きが強い。せつらの茫洋たる口調とは相容れない内容だったのだ。

エレベーターが上がって来た。ドアが開いた途端、悲鳴が連続し、倒れる音が重なった。

　理由はすぐにわかった。階段を駆け上がって来た黒づくめたちが、上がりきった地点で見えない刃（やいば）に腰から下を斬りとばされ、次々に折り重なったのである。その後、パトカーが駆けつけたが、血の海に転がる足や手の指以外は発見できなかったという。

　そうなる前に、見に行った金辺が戻り、せつらは部屋へ通された。

「あいつら、みんな足を斬られてた。どうなってるんだ」

「階段の上にピアノ線張って、人が引っかかるのを見て喜ぶ連中がいる」

　とせつらは答えた。

「今のもそれか？　けど足が——あんたがやったのか？」

「黙って来てくれる？」

　せつらは青ざめた顔へ訊いた。

「嫌だ。探偵か？」

「人捜し屋（マン・サーチャー）」

「なら、後は親父（おやじ）たちにここを知らせたら、用済みだろ。おれはこれから逃げる」

「引き渡すまで追加料金を貰っている」

「…………」

「あいつらはまた来る。早く〈区外〉へ出るのを勧（すす）めるけど」

「糞（くそ）お。おれは親父の後を継ぐなんて人生が真っ平（まっぴら）で、〈新宿〉へ来たんだ。それなのに、ここじゃあ、とてもおれの精神が保たない。やっぱり駄目（だめ）だったんだ。えい、糞——諦めよう」

　せつらは無言であった。

「用意を」

「すぐにかい？」

「奴らはすぐ」

「わかった。じゃあ荷物は置いてく」

「言い残す相手は?」

金辺は少し考え、すぐに首をふった。

「いや、いない」

せつらの眼は書架の上に置いた写真立てを見ていた。

金辺と——ショートカットの娘が肩をならべている。二人とも笑っている。

気づいた金辺が、ちらと見て眼を逸らした。

「ちょっと付き合ってた女だ。生活費と遊ぶ金は貢いでもらったが、その程度だ。知らせる必要なんかない」

「屑」

「ん?」

「別に。——行こう」

住宅を出てすぐ、金辺ははっとして、

「そうだ。ツケを払わんと。付き合ってくれ」

「踏み倒さないの?」

「それは人の道に反する。何を言っているんだ」

「はあ」

「呑み処・勘平」は、駅前の路地裏に赤ちょうちんを点していた。

零時を回っていたが、客席はほとんど埋まっていた。五〇人は入れる規模の店である。

厨房からは、脂のしたたる焼肉の音と、揚げ物の匂いが押し寄せてくる。

喧嘩腰ともいえる物言いがぶつかりあう騒々しさが、次々に消えていった。

せつらと金辺がテーブル席に腰を下ろしたときには、店は沈黙の支配下にあった。

女店員が水を運んでくる前に、金辺は厨房の窓口へ行って、

「マスター、世話になったね。ツケ払うよ」

と声をかけた。

鉢巻の禿頭が顔を出し、

「どうした、引っ越すのかい?」

「ああ。年貢の納めどきだ」

「ならよ。うちはいいから、厚子ちゃんの借金払ってけよ」

「そんなこと言うなよ。おたくにはずいぶん良くしてもらったから、せめてものお礼じゃないか」

「うちが、あんたに良くしたのは、厚ちゃんの気持ち汲んでだよ。でなきゃ、おまえみたいな人を人とも思わない餓鬼にツケさせるわけねえだろ」

「ちょっと」

「厚ちゃんに返したのか？」

「いや、そんなこと」

　親爺は金辺を睨みつけた。一歩下がって、
　金辺の顔面で水が弾けた。

「何するんだ⁉」

　歯を剝く顔へ、

「それはおれと厚子ちゃんの台詞だよ、莫迦野郎。おめえは何もわかってねえ。世の中も自分もな。どこへなりと行っちまえ」

　親爺の声には怒りと侮蔑が貼りついていた。本来なら水の代わりに拳が飛んで来てもおかしくはないのだった。一段甘いのは、親爺も見てしまったのだ、せつらの顔を。

　金辺が手で顔を拭った。

「わかったよ。正直いうと、おれもこんな店で飯なんか食いたくなかったんだ。厚子の行きつけだから渋々来てやっただけさ」

「何をこの野郎」

　と親爺が血相を変えたとき、新しい客が入って来た。

　白い布で顔と手を包んだ巨体は、ややたどたどしく、

「入れますか？」

　と訊いた。

「はい」

　と応じたのは、せつらだった。

　こちらを向いて、息を引くのがわかった。

「イトナ」

と白布がつぶやいた。

せつらが少し眉を寄せた。

「ここにおったか」

「は？」

「そんな眼で見るな。わしの声に聞き覚えはないか？」

「全然」

「古えのときは、まだ戻っておらぬか」

「ひょっとして、ソドムさん？」

「おお！　知っておったか⁉」

地鳴りのごとき歓喜を声に乗せて、

「では、ともに参れ。ラビア様がお喜びになるぞ」

「その前に用がある」

せつらは、立ちっぱなしの金辺の肩を叩いて、こちらを向かせた。凄惨な表情であった。ここの店は、多分、彼の良心に近い精神の依り所だったのだ。それは一撃の下に打ち砕かれ、最早、彼の精神には破片も残っていない。〈区外〉へ戻ってからの人生は、表情どおりのものになるだろう。

「いかん。来い」

白い手がせつらの肩に伸び、あと一〇センチのところで止まった。

巨人は少しとまどったように、手を動かそうと試み、鋭い吐息とともに右へ振った。

手首に朱線が走る――誰もがそう思い、手首は自然とぶら下がった。巨人は手首を摑んで、腕の方の切断部分に押しつけた。朱色の線はたちまち消滅した。

「やはり」

せつらは謎めいた言葉を残して、戸口の方へ歩き出した。金辺も見えない糸に引かれるようについて来る。

「待て」

ふり向く巨人へ、親爺が、

「あんた用にインカ鶏があるぜ」

と呼びかけた。巨人が厨房の方を向き、すぐに戻ったとき、せつらと御曹子の姿は闇に呑まれていた。

〈四谷ゲート〉のそばで、金辺を両親に引き渡してすぐ、せつらは「勘平」へ戻った。

巨人はそこにいた。客も減った様子はなかった。手酌で徳利からコップに焼酎を注ぐ姿は、図体が大きすぎるだけの、馴染みの客に見えた。

特に話しかける者もないが、誰もが納得していた。

せつらが入っていくと、二度目の恍惚が広がりかけたが、みな眼を伏せて防いだ。

「いい？」

巨人の前へ行って訊いた。

うなずくのを確かめてから、椅子を引いて腰を下ろした。

眼を閉じて何とかやって来た女店員へ、

「キリン・レモン」

と伝えた。巨人の前には二〇本近い徳利が並んでいる。彼はコップを置いて、せつらを見つめた。

「イトナと見えたが――違ったか」

ぼそぼそと言った。ぼそぼそとした喋り方も、ままごとの品みたいに見えるコップも、何となく様になっているのが面白い。

「誰、それ？」

とせつら。

「ラビア様の小間使いじゃ」

「…………」

「しかし、誰よりも愛されていた。わしよりもな。おまえとよく似てる」

「ところで、ソドムさん」

せつらは切り出した。ちょうど干したばかりのコップに徳利を傾ける。

「すまんな」

「へえ」

「――何の用だ?」

「セルジャニ――ご存じ?」

突然、眼の前に壁が出来た。ソドムが立ち上がったのだ。店内が静寂に包まれた。

「奴は――何処にいる?」

「でっかいキャバレーのオーナー」

「キャバレー?」

「あ、ダンサーのいる呑み屋」

「この近くか?」

「何とか」

「連れて行け」

「いいけど、ご相談」

「何だ?」

白い顔が傾げられた。

「偶然出会ったんじゃなく、僕があなたを見つけたってことにしてください」

「――かまわんが」

「どーも」

自分の手柄にして、セルジャニから報酬をせしめるつもりらしい。

ちょうど運ばれて来たキリン・レモンをグラスに注ぎ、

「どーぞ」

とソドムの前に置いた。

「何だ、これは?」

「泡の出る甘い水です」

「ふむ」

ひと口飲って、妙な表情をこしらえ、瓶を見つめて、

「美味い」

と言った。

「何よりです。もう一本」

と、これもたちまち、半ダース空け、ゲップを洩らしながら、

「行くぞ」

と立ち上がった。

だが、少し遅かったようで、「新宿グランドール」本店から、セルジャニは姿を消していた。

「一〇分くらい前に電話があり、すぐに飛び出して行きました。行先も相手もおっしゃいませんでした」

と秘書の藤山律子は不安そうに言った。

「どうする？」

とソドムが訊いた。

「ふふふ」

とせつらは、面白くもなさそうに笑って、女秘書と巨人の顔を見合わさせた。

第三章　〈区外〉から黒い風

1

電話を耳に当てた途端、女の声が脳を直撃した。〈大京町〉の番地を告げ、すぐに来いと声は命じた。

命じられるままにタクシーを飛ばして降りたところは、〈第二級危険地帯〉の立札が立った廃墟であった。

鉄条網の向こうに二つの影が立っていた。屈強なスーツ姿の男たちであった。

セルジャニの背後を確かめるのにひとり残して、もうひとりが奥へと導いた。

崩壊したビルの上二階分が残っている。明りはないが、スチール・ドアを開けると、広い客間であった。何室かをぶち抜いたものである。窓には非透過フィルムが貼られ、ソファや椅子、大型の執務用デスクの背後には、発電器等の電子機器と大スクリーンが並んでいた。セルジャニたちが入って来たドアとは別に、左右に二つスチール扉が嵌め込まれている。ひびの入った天井にも、重そうなメカと照明がぶら下がっていた。即席にしては見事な作りであった。ちょっとした司令部だ。

「よく来たわね。あなたに対する質問はひとつしかないわ。このままいく」

と言ったのは、デスクの横に立つ青いスーツ姿の美女であった。ひっ詰めの髪と化粧っ気なしの顔は軍人そのものだが、妖艶さは覆うべくもない。

言語による瞬間催眠は、術のレベルに達しているが、セルジャニへのそれは、解くつもりもなさそうであった。

「――×年前、〈魔震〉の日に、おまえと新宿へ来た二人は何処にいる?」

「〈亀裂〉の底だ」

はっきりした声の応答であった。

「そこにいないのは、別班の調査で分かっている。

何処だ？」

「知らん」

　このとき、ソドムはせつらともどもセルジャニの店にいた。タイミングの神の悪戯としか言いようがない。

　女はそれ以上訊かずに、左右のスーツ姿にうなずいて見せた。

「私の術にかかって嘘はつけない。用なしだ」

　二人の男が前へ出た。

　上衣の内側から消音器付きのH&Kを抜いて、狙いをつけるや、セルジャニの頭部に向けた。


　せつらと巨人が妖糸を頼りに〈大京町〉の廃墟に着いたとき、前方の闇で火の球が膨れあがった。

　それが巨大な炎の塊になるのを二人は避けもせずに見つめた。

　かなり広大な廃墟の外まで、爆発は及ばなかったのである。

　消防車のサイレンが聞こえるまで、集まって来た人々の中で待ち、二人は通りへ出てタクシーを拾った。

「セルジャニは――」

　とつぶやく巨人へ、

「アウトかも」

　せつらは首に手刀を当てて引いた。


　二人は「グランドール」へ戻り、せつらは事情を話して、報酬を要求した。契約の内容は知悉しているらしく、律子は成功報酬と調査費用を支払った。契約書には、依頼者の生死に拘わらず、依頼内容完遂の場合は支払いすべしと記されていたのである。

　一段落してから、せつらはタクシーで別の場所へと向かった。

「何処へ行く？」

　と訊く巨人へ、

「いくら〈新宿〉でも、あんたみたいなユニークな人材はすぐ見つかる。隠れ家を捜そう」

「……何故だ？」

「他にも幾つもの組織があんたを捜してる。セルジャニ氏の仕事は片づけたが、あなたの依頼はこれからだ」

「そうだった」

　巨人はうなずいた。

「〈亀裂〉で別れたラビア様を見つけ出さなくてはならん。よろしく頼む」

「はいはい」

　確かに捜索中、この巨体でうろつかれては、たちまち眼を付けられてしまう。

　彼はいかなる攻撃にさらされても不死身だが、巻き添えが危い。彼を手に入れられないとわかれば、他国に渡るのを恐れた国は、平気で核弾頭くらい使用しかねなかった。

　だが、一体、何処へ？　せつらの関係で最も安全な隠れ家は〈メフィスト病院〉だが、院長はすでにある国家と結んでいる。彼の捜索の手からも外れて、身を隠せる場所は？

　チャイムを鳴らすと、

「どーれ」

　と木のドアが応じて、少し開いた。

　向こう側は火の海であった。

　炎色の服が行く手を塞いでいるのだ。正確には、その色のドレスを着た女が。

　危険なものを感じた巨人が一歩下がるのを感じながら、せつらはドアを押し、脇にのいたトンブ・ヌーレンブルクへ、

「お人形さんは？」

　と訊いた。二人を通してから、巨人を見上げながら、

「今コンビニへ、レトルトのおでんを買いに出ているのだ。直に帰って来るわさ」

三人揃って横手の丸テーブルを囲んだが、角度を変えると、せつらはたちまち二人の陰に消えてしまう。

ソドムを匿う件については、たちまちOKが出た。料金は一日五万とふっかけて来たが、ソドムの支払い能力を知るせつらは、気にせず承知した。

「前金なのだ」

と言うトンプの前に、ダイヤの粒が転がった。

手に取って眼に近づけ、すぐに、

「本物だね。一〇年分になるわさ」

と胸を叩いた。ぶよんと揺れた。位置からして、腹だったのかもしれない。

「問題がひとつ」

とせつら。

「あの医者のことなら、万事承知の助だわさ。ロシアの新KGBと連んでるらしいよ」

「あーあ」

「じきここにも来るだろうけどさ、安心おし。貰うものは貰った以上、〈魔界医師〉だろうが、ロシアだろうが、このトンプ様が守ってやるわさ」

ふぉっふぉっふぉっと笑う女魔道士を眼の隅に残して、せつらはソドムに、

「――と言ってる。わかるかな？」

「大丈夫だ」

ソドムはうなずいた。トンプを見る眼には奇妙な親近感がある。姿形を見れば誰でも納得するだろう。

「んじゃ、奥へおいで。『目隠し部屋』がある。そこなら誰も入って来られない。出ても行けないけど――ふぉっふぉっ――いや、冗談だわさ」

そこへ、チャイムが鳴った。

「開いてるわさ」

とトンプ。人形娘だろう。

「ただいま」

明るく可憐な声へ、

「お帰り」

トンブとせつらが合わせ、

「しくじった」

とせつらが言った。糸を送るのに遅れたという意味だ。

「『ファミマ』を出たところで会ったのです」

好もしげに脇へ退き、背後の人物を通した。

「お邪魔する」

今、三人が世界で最も会いたくない白い男――ドクター・メフィストは戸口で優雅に一礼した。


「緊急支部は炎の塊になった」

〈四谷駅〉近くの豪華マンションの一室で、白髪頭の男が苦々しい口調で言った。

「一億ドル相当の器材と一二人の職員が死亡した。何が起きたのか、連絡はなかったし、記録装置は焼失。恐らくはセルジャニの手になるものだろう」

ですが、とデスクの横に立つ中年の男が異を唱えた。

「最後の連絡によれば、ベルはセルジャニを術にかけて連れ出したと。あの女の言語瞬間催眠を破った者はありません。現に、セルジャニは誰にも知らせず、電話を受けたその足で、暗示どおり、タクシーを拾って支部を訪れています。自爆とは考えられません」

「解答は炎の中に消えた」

と白髪の男は言った。

「ソドムとラビアの行方を一刻も早く捜し出さねばならん。GIGNも精鋭を送り込んでいるとのことだ」

「承知はしておりますが」

と別の男が言った。

「この街は奇妙――いえ、奇怪としか言いようがありません」

「それは、この作戦以前からわかっていたことだ。〈魔界都市〝新宿〟〉の名とともにな」

「それはあくまでも第三者からの報告に過ぎませ

ん。現実にここに住み、ここの空気を吸ってみると、何もかも、我々の常識とは桁が外れております」

「そのための精神的トレーニングは受けてきたはずだぞ、ベイカー中尉」

「局長は何も感じておられませんか？」

　白髪の男は沈黙した。それが答えだった。

「ここにいる二〇名の職員は全員、この街へ来てから、病に取り憑かれています。みな食欲がなく、無理して胃に納めれば、残らず吐いてしまいます。局長の顔色は、まるで灰色の紙ですが、我々もみなそうです」

「一般市民は尋常だぞ」

「彼らは多分――」

「――慣れている、か？」

「いえ、それなら我々もいずれそうなります。ですが、通信士のガードナーが――」

　以降の言葉をインターフォンの音が中断させた。

　白髪の男が、受話器を取って、

「エヴァンスだ」

　と言った。向こうの言葉は恐らくひとことであったろう。

「了解した。契約してある病院へ入れろ」

　スイッチを切って、

「ガードナーは死んだ。ドクターが言うには心臓麻痺らしい」

「任務を果たす前に、全員死亡では通用しません。遺族には年金も下りませんぞ。まして、戦闘の結果ならともかく、何の成果もなく病死ときては」

「明日、三交代で〈メフィスト病院〉とやらへ行って来い。あそこなら何とかしてくれるはずだ」

「――敵と契約しているそうですが」

「病院だぞ。病院。院長はとんでもない色男だが、医師としての立場は決して踏み外さないそうだ」

「承知いたしました」

　ベイカー中尉ともうひとりが出て行くとすぐ、イ

ンターフォンのスイッチを入れて、

「ドクター、来てくれたまえ」

すぐに現われた若い医師を見て、エヴァンスは長い吐息をこらえた。

「我が部隊に生じている病に関してはご承知のことと思うが」

「はい」

「原因は何だとお考えか？　まるで知らず知らずのうちに、放射性物質と同棲しているようだ」

「当たらずといえども遠からずか、と」

医師は肩をすくめた。

「ただし、ある意味もっと性質が悪いかもしれません。危険物質ならば、基地を変えれば済みますが、呪いは離れません」

「呪い？」

莫迦な、と言いかけ、局長は溜息をついた。

「誰にかけられたと思うかね？」

「この街です。〈魔界都市〉の名は伊達ではありません」

「どうして我々が？」

「この街のためにならぬ存在と認知されたのでしょう」

「しかし、ロシアやフランスは——」

「多分、彼らもまた」

「打つ手はあるのかね？」

「呪いを解く方法を探り出すか——或いは」

「それは？」

「この街に気に入られるしかありません」

医師の回答に、こいつは必ず地獄へ送ってやると局長は誓った。

そのとき、インターフォンが鳴った。

耳に当てた受話器から、警備員の声が、

「ベル・スワン中尉が戻りました」

2

女兵士をひと目見て、全員が声を失った。

ここへ来るまでに服は取り替えたに違いないが、顔の左半分が焼け爛れていても、本来の美しさは保たれていた。本人も気にするふうもなく、エヴァンスのデスクに近づき、

「何とか無事ですわ」

と言った。

「あいつはどうした?」

セルジャニのことである。

「死亡いたしました」

「確実にか?」

「爆発は彼が携帯した武器によるものです」

「何故、止めなかった?」

「自爆を禁ずる暗示は与えておりません」

「ふむ。よく無事だったな」

「気がついたら、外におりました」

エヴァンス局長は、はっきりと疑惑の念を視線に込めた。

「腑に落ちん。検査させてもらうぞ」

「お気の済むように」

ベル・スワン中尉は薄く、しかし、艶然という言葉にふさわしい笑みを浮かべた。


予想どおりの申し出を、メフィストはした。

「君の身体を調べさせてもらいたい」

巨人――ソドムは、表情ひとつ変えず、

「断わる」

と言った。

「これでおしまい」

とせつら。

「理由はわかる」

メフィストは小さくうなずいた。

「ひとつ申し上げておくが、私は〈区外〉の国家の

要求を伝えているのではない。これは私個人の申し出だ」

「何のために？」

ソドムは重い声で訊いた。

「言えぬな」

「では、立ち去れ。おまえの仲間が来たら、相手になろう」

「その点は安心してもらいたい。私以外の者はこの場所を知らぬ」

「信用ＯＫ」

とせつらが右の親指と人差し指で円をこしらえた。

「本当か？」

ソドムがせつらを見た。

「ドクター・メフィストの言葉は、鉄さ」

と言ったのは、トンブであった。

「そうそう」

とせつら。

「わかった。だが、申し出は受けられん」

「それは困る」

「どして？」

とせつら。

「言えぬと言ったはずだ」

「なら、お帰り」

トンブの眼つきが少し悪くなった。これは危い。

人形娘が、不安そうにせつらを見た。頼りになるのは、この若者しかいないのだ。——というのは、可憐な人形の思い入れ過多かもしれないが。

「うーん」

と声を上げたが、せつらの表情には邪悪といってもいい興味の翳が濃い。彼は期待している。ドクター・メフィストとトンブ・ヌーレンブルク——〈魔界医師〉と〈世界第二の魔道士〉の対決が見られるかもしれないのだ。

だが、その希望は人形娘のひとことで崩壊した。

「誰か来ます」

戸口をふり向いて言った。

「私は尾けられていない」

とメフィスト。

「ドイツのＢＮＤ」

せつらの言葉にトンブもうなずいた。

どうしてわかる？　と問う者などいない。

音もなく走って相手のすべてを探り出す妖糸の力は誰もが知っている。

「昔、やり合った。後方にいた指揮官は降格させられたがな」

メフィストがこう言ったとき、戸口に設置されたトンブの家電が鳴りはじめた。

ふわりと床を蹴った人形娘が取って、耳に当てた。まだコード式である。

「ヌーレンブルク宅ですが」

と名乗ってから、トンブに受話器を渡した。

「はい、トンブ」

せつらが語尾を少し伸ばせよとつぶやいた。同じタイプ——外谷良子と同じ、「ぶう」の応答を期待しているのである。常人からすれば、性質が悪いとしか思えまい。

トンブはすぐ受話器を耳から外し、ミット状の手で片方を押さえてから、

「〈魔法街〉を爆破するってさ。ほう、だわさ。芸術の国にしてはあくどいけど武器商人の国にしては筋が通ってるわさ」

フランスが今なお世界三位の武器輸出国であることに変わりはない。

「ですが、昼間からこんな住宅街の中で」

異を唱える人形娘へ、トンブはあからさまな軽蔑の眼を向けた。

「いつから、そんな人間の常識を尊重するようになったのだわさ？　ここは〈新宿〉だよ。それに、〝オカルト〟の提唱者はフランス人だわさ」

「エリファス・レヴィですね」

「あれから何百年経ったかね。セーヌ河とボンジュ

ール・マドモワゼルの国も、今じゃ兵器魔術の一大輸出国だわさ。さてと、返事をしなくちゃね」

一同が見つめる中、トンプはこう言った。

「おといおいで。〈高田馬場〝魔法街〟〉を舐めるんじゃないよ」

拍手が巻き起こった。人形娘とせつらはわかるとして、巨人――ソドムまでが手を叩いているのは驚きであった。メフィストは何もしないが、口元にかすかな笑みが浮かんでいる。

受話器を置く前に、闇が濃さを増した。外部の光が喪われたのである。

「来るよ」

トンプが、にんまりした。この女にとっては、どすこい程度のことなのだろう。

「んじゃま」

小さなガスタンクが立ち上がった。

「あの」

声をかけたせつらの肩を、メフィストが押さえた。

「前から気になっていた。お手並み拝見といこう」

「おまえは悪党だ」

「異論はない」

ドアの外は闇であった。

妖術で生じた「壁」が陽光を遮断しているのだ。

「ふん」

鼻の先で笑った。同時に、闇が夕暮れに化けた。

「ほお」

とせつらがつぶやき、

「悪態ひとつで――やるな」

とメフィストが言った。

ドアは開けっ放しだ。閉め忘れではない。自分の奮闘ぶりを誇示したいのだ。

前方一〇メートルほどの位置に、トンプの眼は、三本の鎌に似た爪で、土を掘り返す人型の影を見ることができた。

「カバラに言及されている星の破壊者の使いかい。

このトンブ様に歯向かうには、百万年も役不足だわさ」

影がこちらを向いた。両手は地面に刺したままである。

「この家の胆を抜き出そうというのだな。しかし、おまえらごときに手も触れられるものか」

影男が立ち上がった。右手をふった。足下の穴からひとすじの亀裂がトンブの足下に伸びた。左右に裂けた。縁から崩れ、裂け目に呑み込まれていく。それが止まった。トンブは両足を、亀裂の端にかけて踏んばっていた。地割れはそれで防がれたのだ。

「へっぽこめ」

トンブは、とっとっとと前進した。敵は立ちすくんだままだ。目一杯広げた両足での歩行が、よほど珍しいらしい。

気づいて身構えたとき、トンブはその眼前に迫り、――何もしなかった。

ふっと息を吹きかけただけである。

黒い敵は、正しく塵と化して消えた。

「こんな半端者に、おかしな真似させるんじゃないよ。出ておいで、フォンドルセ公爵」

「これはこれは」

と誰かが応じ――

夕闇の奥から車のライトが迫って来た。

後部ドアから現われたのは、黄金のコートをまとった片眼鏡男だった。整った顔立ちと動作は、数百年の歴史が形造ったものだ。背後に二人、黒い制帽と制服姿の部下を引き連れている。

「お久しぶりですな、ミス・トンブ・ヌーレンブルク。ひょっとして、ミセスになられましたかな?」

「まあだ、ミスだわさ」

トンブはむっつりと答えて、開きっ放しの足を、

「えい」

と狭めた。亀裂は失われた。

「さすがですな。お姉様も大した魔道士だったが、妹殿も劣らないようだ」

「お世辞はいいわよ、この二枚舌貴族が。余裕見せてるけど、その片眼をくり抜いたのは、姉さんだって覚えてるんだろうね」

　白面の貴公子面に、凄愴ともいうべき憎悪が浮かんだが、微笑がそれを消した。

「用件は、あのでかいのかい？」

「左様、カバラの謎があれで解けますのでね」

「依頼主は——国かね？」

「お答えいたしかねる。それよりも、渡していただけるのか、否か？」

「ノンに決まってるだろ」

「それでは、この街もろとも消えていただくしかありませんな。〝第二カバラ〟の消却魔術——ご存じでしょうな？」

「むむ」

　トンブが口をへの字に曲げた。

「あれを知っているのかい」

「学ぶのに苦労しました。お蔭で今は借金に追われています」

「あのフォンドルセ家が一転貧乏人かい。持つべきじゃないのは、オカルト狂いの主人だわさ。するとあれかい、今回の費用も政府持ちかね？」

「恥ずかしいが、そうですな」

「なら、うーんと働かないとね」

　トンブの笑いが失われつつあった。

「だからって、〈魔法街〉で稼がせやしないよ」

「このちっぽけな街で一国を敵に廻せるとお思いですかな？」

「あんたこの街の名前を知ってるのかい？」

「新宿——ですかな」

「〈魔界都市〉」

　その爪先から新たな亀裂が、フォンドルセ公爵の足下へと走った。

　フランス紳士を呑み込むや、それは音もなく閉じた。

「さすが、ガレーン・ヌーレンブルクの妹」

屋内で白い医師が言った。

「だが、やや脇が甘い」

それが聞こえたわけでもあるまいが、トンブは、ひょいと顔を上げて右の空中を見た。

公爵はそこにいた。地上一〇メートル。右手の先には直径二メートルほどの七色のアドバルーンが浮かんでいる。

「天気さえよけりゃあねえ」

トンブの声より早く、公爵は長い爪でバルーンの一点を裂いた。

吹きつけた風の強さは秒速二〇〇メートルを超えていた。トンブの服があッという間に吹きちぎれ、トンブ自身の肉も削げ骨は砕け、塵となって吹きとばされた。

「『崩壊風域』」

と公爵がつぶやいたのは、風の強さだけではなく、万物を溶け崩す妖術の名か。トンブが崩壊した今、他の魔道士にこれを防ぐ術があるとは思えない。ドクター・メフィストにしても。

素早く、裂け目に片手を当てて塞ぐと、

「さて、残るのは本宅ですが、みなさんはどうなさる?」

と貴族が訊いた。かける声ではない。通常の会話である。

返事の代わりにドアが開いた。

「勝利に酔ってる」

せつらが言った。

「同感ですわ」

と人形娘。

せつらは、メフィストを見た。

「おまえの仲間だ、止めたら?」

「うーむ」

首を傾げる〈魔界医師〉の前で、ごそりと巨体が動いた。

「あ」

とせつら。

「お待ちください」

と人形娘が止めた。誰もトンブの死について言及しないのが凄い。

「あなたにもしもの事があったら、亡くなったトンブ様に申し訳が立ちません。ここはお逃げなさいませ」

「任せよう」

白く美しい声が、人形娘の健気な努力を無にした。

可憐な瞳が、きっとメフィストを睨みつけ、せつらに救いを求めた。

せつらは眼を閉じて腕を組んでいる。

「あなたも、この御方を見捨てるのですか？」

悲痛な少女の声にも、美しい若者は無言であった。

「わかりました。私が行きます」

と、ドアへ向かう身体を、巨大な手が襟首をつまんでその位置へと戻した。

「ありがとう」

とソドムは言った。

「だが、狙われているのはおれだ、白黒も自分でつけるべきだろう」

開けっ放しの戸口を巨体が抜けた。

「止めてください！」

追おうとする人形娘の動きを、全身に巻きついた銀色の針金が封じた。

「離して」

と身悶えをする少女の頭を、

「まあまあ」

とせつらが撫でた。

「ここは任せよう。滅多に見られない。魔術とあり得ないからくりの闘いなんて」

「それは……」

と声を落としてから、

「あなたって方は！」

人形娘は絶叫した。

3

三者三様の思惑の外で、巨人は空中に浮かぶフォンドルセ公爵を見上げた。

「望みどおり——出て来たぞ」

「これはこれは。他者に迷惑をかけたことはないと自分を捧げるお気持ち、このフォンドルセ胸を打たれました」

それから、やや口調を変えて、

「ですが、その眼が怖い——大人しく軍門に下る気はなさそうですな」

「あの女は、おれのために闘った。借りは返す」

「これは、見かけどおりの古いタイプですな。ですが、私も手ぶらでは帰れません」

彼はアドバルーンの端に手を触れた。同じ場所であった。

ごおっと吹きつける風の崩壊域に達したものか、巨人の姿はみるみる崩れ、衣類が吹きとばされていく。

だが、公爵はかっ、と眼を剝いた。

衣裳はみるみる復活し、その下の身体は何の変化も蒙っていない。

「〝崩壊風域〟に入った者は、星でも塵と化す。しかし、原子レベルで次々と再生するならば、その限りにあらず。これが——これが永久運動装置の力か……」

繊指がアドバルーンの別の一カ所に触れた。

吹き出したのは、別のものだったに違いない。無音無臭かつ無色——崩壊の風と同じでありながら、巨人はよろめいた。

横倒しになった身体は、ふさわしい地響きを立てた。

公爵は微笑を浮かべようとしたが、うまくいかなかった。

「ガスを使ったか」

メフィストが言った。

「で、どうする?」

せつらが、人形娘の頭を撫でながら訊いた。

「〈区外〉へ連れて行く」

「フランス?」

「そうなるか」

「いけません」

人形娘が叫んだ。

「あの方の力を戦争に利用したら、世界はおしまいです」

「どうする?」

せつらが訊いた。

「しばらくは好きにさせておけ。〝しばし、満足の岸辺で波の音を聴け〟だ」

上空から、運搬用のヘリが風を巻いて現われた。

簡易エレベーターが提げ下ろされ、そこから出て来た隊員たちが、巧みにエレベーターのサイズを巨大化させていく。

ソドムを乗せたヘリが上昇して行くのを、家の中の三人は黙って見送った。公爵の姿はない。

「あのまま〈区外〉へ運ぶつもりですわ」

人形娘が硬い声で言った。

「フランスの手先としては、拍手が欲しいかな?」

「一巻の終わりになるには、早すぎだ」

白い医師の言葉は残る二人を、かすかにうなずかせた。

五分後――〈高田馬場〉上空から〈亀裂〉を越えようとしたヘリが空中分解を起こし、〈亀裂〉に吸い込まれたと、百人以上の目撃談が〈新宿警察署〉へ寄せられた。

待ちかまえていたように、トンブ宅の居間でニュース画面を見つめていたメフィストは、

「やはりな」

と言い、せつらは、

「また〈亀裂〉か」

とつぶやき、人形娘は、

「大変ですねえ」

と同情の瞳を彼に向けた。

「ここは、〈新宿〉の腕の見せどころだな」

「うるさい」

と返しながら、せつらの眼はすでに地底の闇の中を覗(のぞ)いていたのだった。

「おや」

画面を見つめるメフィストの眼が光った。

「どした？」

「破片のうち二つは、遠出したな」

「何です、それ？」

と人形娘。

「破片とは思えぬ塊が、別の場所へ飛んでいった」

「そうそう」

とせつら。

「よかった。地上へ落ちたんですね、ソドムさん⁉」

「何とか公爵もね」

とせつら。

「でも、よかったわ。すぐに見つかりますわ」

とせつらを見る碧(あお)い瞳は信頼にかがやいていた。

「ところが」

とメフィストが、もうひとつの美しい顔に、皮肉な眼差(まなざ)しを当てた。

「私の見るかぎり、落下地点は〈新宿中央公園〉――〈最高危険地帯(モースト・デンジャラス・ゾーン)〉だな」

「しかも」

とせつらがつけ加えた。

空中分解と、二名の落下地点に気がついたのは、三人だけではなかった。

フランスは言うまでもなく、米露の諜報(ちょうほう)組織も、爆発と同時に動き出した。彼らは事故の三〇分後には、それぞれ〈中央公園〉を囲む壁の前に集合し、選抜部隊を送り込んだのである。この日あるを期し、事前のシミュレーションを基に、この世ならぬものとの戦闘と生存、帰還までを心身に叩き込まれた改造兵士たちであった。

午後三時二〇分――空中爆発から二一分後、フランス諜報組織・GIGNの精鋭部隊一〇名は、〈中央公園〉正面から塀を乗り越えて侵入。

午後三時四〇分――アメリカ戦略局秘密作戦部隊のベテラン一〇名は、〈新宿中央公園〉の北側から侵入した。

午後三時四一分――ロシア軍中央作戦局のサイボーグ部隊一〇名は、〈新宿中央公園〉上空二〇メートルで、輸送機から降下した。

さらに、ロシア軍降下の一時間後――秋せつらは塀の正面で、軽々と地を蹴った。

〈新宿警察〉では、これらの動きをすべて察知していたが、全員覚悟の上だろうと、〈中央公園〉の一〇〇〇キロ上空から、三次元レーザー・センサーのみの偵察に留めた。

地上に降り立つ前に、せつらは予想どおりの光景を眼にしていた。

記憶にある煉瓦色の制服姿が、あちこちで、奇怪な異物たちに囲まれていた。いや――これは肉を裂く音だ。これは骨を噛み砕く音だ。骨から肉や内臓を剝ぎ取ろうと振られる頭部は、その形状、色彩からして、この世界の法則に従って生まれたものとは思えない。

それなのに、あれ――ぴちゃぴちゃ響く咀嚼音は動物が獲物を処分するときのものではないか。

制服の向こうで、食い裂かれていく米軍兵士が、それでも一矢を報いたと見えるのは、これも奇怪な形のものたちに食い散らされつつある奇怪なものたちの死骸であった。

　牙のひと咬みで簡単に崩れていく装甲皮膚は、短針銃による分子崩壊のせいだろうし、焼け焦げの穴が開いているのは、レーザー砲によるものだろう。せつらの足下に転がっている引きちぎられた生首は、生体強化されたパワーアームによるものに違いない。

「ひとり、二人」

　と数えはじめたせつら目がけて、黄土色の塊が転がりながら襲いかかって来たが、接触寸前、縦横十文字に裂けて転がった。

　地上での行動は無理と見たか、彼は何の予備動作もなく、空中に浮き上がり、地上五メートルの位置に滞空してのけた。

「八――九」

　と数えて、

「ひとり生き残ってる」

　彼が秘密部隊の人数をなぜ知っているのか、といえば、百カ所以上に仕掛けられた監視カメラのデータを覗いて来たからだ。〈区内〉のカメラの八割は〈区〉の管理だが、データは、要求に応じて、すべてせつらのスマホに送信されて来る。ワイロを使っているのだ。勿論、金ではない。美貌であった。

　左右から真紅の風が襲いかかって来た。

　せつらはわずかに身を屈め、頭上で激突した翼もつ風は、きれいに一〇個ずつの肉塊に分かれて地に落ちた。

　さらに一〇羽、さらに一〇匹――米軍精鋭部隊を腑分けした妖物たちは、ことごとく地上に死骸をさらした。

　せつらの耳に、〈公園〉の北から銃声が届いた。全自動射撃だ。

　かがやきも生じた。粒子砲――あの色はロシア製だ。

　周囲が翳ると同時に、羽搏きの音が下りて来た。

はたからは、絢爛たる羽根で身を飾った鳥たちの饗宴と見えたことだろう。しかし、せつらを囲んだそれらは、ナイフのように、研ぎ澄まされた嘴と爪とを備えていた。

「仕様がない」

とせつらがつぶやいたのは、襲いかかって来た一群を鮮やかに脱けて、倍――一〇メートルの高さに舞い上がってからだ。その足下で、羽根は色褪せ、裂けて、地上へ錦の雨と化して降り注いでいく。

「さて、先はロシアかフランスか」

その身体が、ぐんと後方へ振子みたいに引かれたとき――

「待って」

下方から女の声が上がった。

戦闘服姿の女が立っていた。死者たちの服が黒なのに比べて灰色なのは、上司の証明か。

せつらは音もなく女の前方に着地した。

「米軍の生き残り」

女はうなずいた。

「ベル・スワン中尉よ。あなたミスター秋せつらね」

「当たり」

「私以外のメンバーは全員やられたわ。まさか食われるとは思っていなかったでしょうね」

「んじゃ」

「待ってよ」

スワン中尉はあわてて止めた。

「ここに残されては死ぬだけよ。任務も残っているわ。同行させて」

「ノン」

「どうして?」

「利害が一致しない」

「ソドムを見つけたら、あなたに引き渡すわ。それでも駄目?」

「引き渡す理由は?」

「後から取り返せばいいから」

「オッケ」

「助かるわ」

スワン中尉は微笑した。せつらの前では何の意味も持たぬ笑顔であった。

「では」

二人は空中に舞い上がった。

「当てはあるの？」

「山ほど」

スワン中尉は沈黙した。この世にも美しい若者が嘘をついていないと悟ったのである。〈区外〉での常識で理解できるはずもなかった。〈新宿〉戦闘用に〈区外〉で訓練を受けては来たが、所詮は〈区外〉の常識がベースの処置である。地獄での生死は地獄の住人の手に委ねる他はないのだった。美しい悪鬼羅刹に。二人が着地したのは、〈中央公園〉の東にあたる区画だった。

「こんな土地があったの？」

中尉は眉を寄せた。

「ひと月前に始まった拡張工事で生まれた」

と四方に気を配るふうでもなく、せつらは茫洋と言った。

「そんな情報入って来てないわ」

「半日で終わったから」

「……………」

木の一本もない荒野を、スワン中尉も見廻した。所詮は既製公園の一部拡張にすぎない。知れたものだ。だが、視界の果ては荒地のみが続き、重い雲は低く垂れ込めている。

「何よ、ここ？」

「〈公園〉から妖物が逃亡しはじめているのだ。何か、途方もなく危険な存在が生まれたと〈区〉は判断した。そして、これを隔離すべく、ここを造成した」

「広いわね」

「ほんの百坪だけれど」

「百万坪はありそうよ」

「自分が棲(す)みやすいように改造したらしい」

「その危険な存在って、もう、いるの？」

「はい」

「どうやってここへ追い込んだの？」

「それは――」

せつらが口をつぐんだのは、荒れ地の果てに二つの人影を認めたからである。

近づいて来る。足取りは穏やかなのに、すでに、黄色の頭巾(フード)付きの長衣は、そのほつれや染みまで見えた。

「危(ヤバ)」

せつらは、しかし飄々(ひょうひょう)と二つの影と向かい合った。

「えと――でかい男が来ませんでしたか？」

ちょっと、と叫びたくなるのを、スワン中尉は必死にこらえた。左手の薬指にはめたレーザー・リングのスイッチに指を当てる。

長衣姿の顔は闇に閉ざされていた。


真正面から、せつらを見つめ――

まさか、とスワン中尉は、めまいを感じた。

頭巾の中の顔が見えたのだ。

ああ、それは――

第四章　古代変幻

1

それは一瞬のことである。

瞬きひとつの間に、それは失われ、頭巾は変わらぬ闇を抱いていた。

「あの——」

とせつらが切り出した。怯えているふうもない。

単に道に迷った——そんな感じであった。

二つの頭巾姿が無言不動を貫いている。二人の二メートルばかり前方だ。

「——この辺で、でっかい人間を見かけませんでした?」

二つの頭巾がそろってうなずいた。

「お、一発」

とせつら。さして嬉しそうでもない。

「会いたい」

とつけ加えた。

頭巾たちは背を向けた。

「来るな」

せつらはスワン中尉にこう言った。何か感じたのか、女戦士は立ち止まった。

頭巾姿は、ずんずん前へ進んで行く。

荒野の真ん中で止まった。せつらも二メートル取って足を止める。怪しむ様子が皆無なのも凄い。

眼の前に石板を組み合わせたような塊が忽然と現われた。

将棋の駒を数メートルサイズの石板に変えたというのが最も正しいだろう。石の端は崩れ、表面にひびも入っているが、出入口らしい隙間も見えた。だが、どれも微妙なバランスを保って積み将棋のように全体が成り立っているようだ。どの一枚のどこに力を加えても、呆気なくダウンしてしまいそうだ。

「斬新なお家で」

とせつらが言うと、片方のひとりが隙間をくぐ

り、もうひとりがせつらを手招いた。しんがり役
――せつらの見張り役だろう。

内部は異様に広かった。

小さなグラウンドくらいはある。その右方に石板に上体をもたせかけた巨人――ソドムが坐り込んでいた。

「殺されるはずはない――寝てる」

せつらは言い当てた。規則正しい吐息であった。

「で――引き取りたい」

その頭に、不意に来た。

「ナラン。コノ男ハ途方モナイ力ヲ体内ニ秘メテイル。ソレヲ我々ノ役ニ立テテモラウノダ」

久しぶりのテレパシー、とせつらは考えた。

それが言葉だった時代と世界がある。この二人はその末裔なのだ。〈最高危険地帯〉に満ちる妖気が、誰も知らないところから彼らを召喚してしまったのだ。

「どんな役に？」

「我ラノ全テ――我ラノ全宇宙ガコノ街ニ来ルタメノ役ニダ」

「そんなことできるの？」

珍しく、疑いを含んだせつらの声である。永久機関の概念は頭に入っているが、それと世界の変化というのが、どうしても理解できないのである。

返事はない。二人はせつらを見ている。

せつらは薄く笑った。

「デキル」

片方が言った。声はどこかくぐもっている。異世界の異人も逃げられないせつらの魔笑であった。

「世界ノ移送ニハめかにずむヲ使ウ。ソレニ費ヤスえねるぎーハ、ホボ無限ニ近イノダ。無限ヲ生ミ出シ、枯渇セズニ済ムカラクリハタダヒトツ――コノ男ノ体内ニアルモノダ」

「よくできました。じゃ、盗ったらどう？」

「デキヌノダ」

「どして？」

「ソレコソ無限ノえねるぎーガ、コノ男ヘノ危害ヲぜろト化セシメテシマウ。二度試シテ二度シクジッタ」

「じきに眼をさますよ。そしたら、君たちが二度殺し損ねたと言ってやろう」

　頭巾姿は顔を見合わせた。美しい顔してとんでもない男だと呆れてしまったのだ。

「さっさと帰りたまえ。戦いとなったら、彼に勝てるものはない」

　それは本当だ。

　だが、二つの頭巾は震えた。笑ったのである。

「安心シロ。我々ハサッキ、ソレヲ解決シテシマッタ」

「え？」

「オマエト会ッタトキニナ――見ロ」

　ひとりが頭巾を下ろした。

　せつらは自分の顔を見た。

「盗作だ」

とぼんやり言った。

　せつらはソドムを指さして笑った。せつら自身もあまり見たことのない自分の笑顔だった。

「コノ男ハ、オマエニ惚レテオル。ツマリハオレニナ」

　とせつらは言った。

「違うね」

　とせつら。

「違ウ？」

「彼は、おれなんて知らないよ」

「面白イ。決着ハコノ男自身ニツケサセヨウ。起キロ」

　ひと声で、ソドムの巨軀に血が通った。立ち上がった体軀は周囲を圧した。バランスを崩せば、二人はひとたまりもなく圧死するに違いない。

　せつらはせつらを指さした。

「おれの偽者がいる。始末しろ」

　ソドムは動かなかった。明らかな混乱が顔と身体の痙攣となって、彼をその場に硬直させていた。彼はこうなる前にせつらを見ているのだ。

「何をしている、殺せ！」

　せつらは地団駄を踏んだ。焦りが殺意をいっそう激しく燃え上がらせていた。

「よそう」

　とせつらは言った。巨人の全身から力が脱けた。

「オッケ」

　とうなずく声に、こう別の声がかかった。

「いいや、始末したまえ」

「ありゃ」

　とせつらは呻いた。その声——もうひとりの頭巾姿の声に、聞き覚えがあった。

「これは——メフィスト」

　と口を衝いた。

　もうひとつの頭巾の下から、ソドムを凝視しているのは、〈魔界医師〉の顔であった。

「私たちに従うな、ソドムとやら」

　と、メフィストは呼びかけた。

　二人は顔を見合わせて笑うと、ソドムを向き返って、

「あらためて命ずる。この男を殺せ」

　せつらの美貌同士なら、相討ちだ。ソドムはどちらの命令にも従う他はあるまい。だが、メフィストが加わったら。

　ソドムはせつらの方へ一歩を踏み出した。伸びて来た黄色い指の下へと滑り込みざま、せつらは、

「やめろ」

　と命じた。

　止まらない。

「これで我らの勝ちだ」

　とメフィストがのけぞるようにして笑った。

　その顔面に黒い穴が開いた。小穴はたちまち数十に増えて、顔の半分を奪った。

　せつらが同じ目に遇う前に、せつらは地上に伏している。

「あれれ」

彼が見たものは、公園との境目から前進して来る兵士たちであった。服装と前方の数名が手にしたFNP90でフランスのGIGNとわかる。口径五・七ミリの特殊弾丸は、最新型のボディ・アーマーもらくらく貫通し、体内に留まって組織を破壊する必殺の弾丸だ。銃口から紫煙が上がっているのを見ると、メフィストとせつらの頭部を吹きとばしたのはこれだろう。

駆け寄って来る兵士たちの後ろに金髪の美女を認めて、せつらは、

「来るなと」

「ごめんなさい」

中尉は艶然たる笑みを見せた。

「米仏同盟？」

「お互い、捜すものは同じよ。ここは手を握ろうって話になったの」

「そっちはひとりだ。殺すのは簡単だが、殺さなくても同じだからな」

GIGNの隊長らしい巨漢が、二人の方を向いて言った。

「それはいいけど――下がったら？」

せつらは、倒れた二人の方を見ていた。

「殺せ」

せつらの声であった。

巨人の拳が振られた。

肉と骨と内臓のつぶれる嫌な音をたてて、三人の兵士が吹っとんだ。残る三名が手にしたガス・ガンを向ける。オモチャではない。高圧ガスの力でカプセル状の弾丸を射ち出す武器だ。先端の針が刺さらなかった場合は、カプセル自体が割れて、気化した麻酔剤が気管や毛穴から侵入する。

だが、弾丸は腕のひとふりで弾きとばされた。

「後退」

叫んだ隊長の身体が垂直に上昇した。背に装着したジェット・ブースターの力だ。一〇〇キロの荷物

を一キロはとばせる。残りの二人も加わった。

「あの」

せつらが呼びかけたが、巨人は身を屈めて足下の石を拾い上げた。岩といってもいいくらいのサイズである。何気なく握りしめると、岩は小石ほどに崩れた。

後は簡単だった。ソドムは構えもせずに右手を振った。

すでに三〇〇メートルの彼方に遠ざかっていた兵士たちには、至近距離から直径数センチの弾丸をまとめて射ち込まれたほどの威力と効果があった。

そして、夕暮れの空中でことごとく頭を粉砕され、しかし、噴射するジェットパックに身を任せたまま、どこまでも死の虚空を馳せて行く兵士たちの血臭に惹かれたか、何処からともなく舞い上がった翼を持つ影たちが襲いかかり、空中に血の霧の原を広げていくのだった。

「精鋭は全滅」

とせつらが、無関心そのものの声で言った。眼の前で親兄弟が虐殺されても、これは変わるまい。

せつらは別の現場へふり返った。

ソドムはよろめき、せつらの肩に手を置いた。凄まじい重量がのしかかり、限度寸前で止まった。

「ガス？」

と訊いた。

ソドムは彼の頭上でうなずいた。

「大丈夫だ。ほとんど吸っていない」

「それはそれは」

「では、一緒に来てもらおうか」

とメフィストの声がした。二人はもう立ち上がっていた。顔も復元されている。

ソドムは無言で立っている。

「おまえは私たち二人の操り人形だ。まず、その男を殺せ」

ソドムは、かぶりをふった。

「無理だ」

メフィストとせつらの間に驚愕の波が渡った。

彼らはソドムに一種の催眠術をかけていた。その触媒となるのは、せつらとメフィストを模した美貌であった。ソドムはその美しさに魅入られ、脳まで溶かされてしまったのだ。

秋せつらひとりなら互角。だが、メフィストまで加わっては、せつらの美貌をもってしても、よく立ち向かえるかどうか。

「嫌だ」

とソドムはまた言った。

「無理だ？　嫌だ？」

メフィストとせつらは声を合わせ、

「何故だ？」

とソドムを睨みつけた。

「顔だ」

と返って来た。

「おまえたちは美しくない」

「まさか⁉」


メフィストが断末魔のような叫びを上げて、せつらを見つめた。そして、もう一度叫んだ。

「なぜだ⁉　なぜそんな顔をする⁉」

せつらは激しくまばたきを繰り返した。

「はっきり言おう、メフィスト――おまえの顔は――なぜだ、なぜそんな顔をする？」

「せつら――何ということだ……君の顔は？」

二人が両手で数秒前の美貌を掻き毟るのを、せつらは冷ややかに見つめていた。

「ボロが出た」

と言った。そう。二人の顔を真似た者は山ほどいる。絵に描こうとした者たちもそれを凌ぐ。

だが――すべては絶望を生んだだけだった。

秋せつらとドクター・メフィスト――この二人の顔を再現することは悪魔にもできない。真似ることすらだ。〈区民〉の誰もが心得ている事実を、新しい魔性は知らなかったのだ。

「やっちゃえ」

とせつらは言った。

立ちすくむ黒白の男たちの頭部を、岩のような拳が斜めに打ち砕いた。血は出た。脳漿も飛び散った。それらは溶けていく身体を追って消滅した。

せつらが天井を仰いで、あ、と言った。巨腕がその腰を抱いて、石板の棲み家をとび出した瞬間、石板はことごとく崩れ落ちた。

二人は魔の地所の境界線に舞い下りた。

「……何てこと……」

と女の声が引きつるように呻いた。

2

声はスワン中尉のものであった。信じ難い死闘――いや、あれを闘いといえるのか――を、彼女はせつらと別れた場所で呆然と眺めていたのである。GIGN兵士の後を追って来たのは幻影だったらしい。

「何てこと……最後に勝つのは……美しいものなの？」

「らしいね」

せつらはぼんやりと言った。意外とナルシストなのかもしれない。そんなことになったら、実物と会ったことがある全員が絶望の果ての死を選ぶだろう。

かたわらに前傾姿勢で立つソドムへ、

「それじゃ、行こうか？」

とせつらは声をかけた。

巨人はかぶりをふった。

「おや」

「おれにはまだ仕事がある。ラビア様の身体を捜し出すことだ。おまえにも依頼したぞ」

「確かに。だけど、待つのも仕事だよ」

「おれはこの街の何処かにいる」

ソドムはこう言うと、せつらの横を通って、最も近い塀の方へと歩き出した。

「後は頼む」

最後の言葉に、せつらは片手でVサインを作った。

「さあて」

せつらはスワン中尉の方を見て、

「僕は出てく。どうする?」

と訊いた。

「どうするって――置いてくつもりじゃないでしょうね?」

「連れてく義理は」

無いという意味だ。

「わかったわ。ちゃんとお礼する。ビジネスよ」

「知ってること全部」

「オッケ」

中尉は親指と人差し指で円を作った。

空中へ舞い上がるや、凶鳥が襲いかかった。


中尉が短針銃(ニードル・ガン)で一羽射ち落とす間に、せつらは五羽を二つにし、無事塀の向こうへ降り立った。

〈新宿ワシントンホテル〉の前である。

「ここで」

「ここ窮屈(きゅうくつ)よ」

と中尉がごねた。

「話すだけだし。安上がり」

「あら、そっち持ち?」

「とんでもござらん」

「はいはい、わかりました」

中尉は音(ね)を上げた。何から何まで違いすぎるというより、彼女自身が意識しないレベルで、この美しい若者の虜(とりこ)なのだ。

「いちばん広いところがいいわね?」

フロント前で訊くと、

「勿体(もったい)ない」

「なら普通のダブルよ」

「はーい」

ベッドを抜かせば、小テーブルと椅子しかない部屋で、せつらは女軍人の告白を聞いた。

「ひとつ――わからない」

「何かしら？」

「術にかかってない？　セルジャニの？」

「え？」

「僕を見て」

　まずい、と反射的に気づいてそっぽを向こうとしたが、遅かった。

　スワン中尉の瞳の中で、せつらは薄く笑った。愛想笑みともいえぬ、出し惜しみ感満点の笑いだった。

　中尉は陶然と見惚れるしかなかった。どんな類の笑いだろうと、この若者にやられれば同じことなのだ。

「オッケ」

　せつらはウインクして見せた。テーブルの上に突っ伏し、中尉は、

「どうだったの？」

と訊いた。

「内緒」

「ちょっと――ひどいじゃないの」

　中尉は顔を上げて、眼は閉じたまま文句を言った。

「それくらい教えても」

「何もなかった」

「嘘」

「ホント」

　誰が聞いても嘘っぽちだが、中尉はすでに魔法にかかっている。あっさりと。

「わかったわ」

「次はそちら」

とせつら。

　中尉は立ち上がって、せつらの意図とは別の方向へ進んだ。

　二歩でベッドの縁である。そのまま仰向けに倒れ

た。

　異様な官能がその姿を彩った。

　美貌は言うまでもなく、厚めの唇が好色さを煽っている。

「来て」

　右手で戦闘服のジッパーを開いた。下はTシャツもブラジャーも着けていない素肌であった。押さえつけられていた乳房が躍り出た。

「いくら綺麗でも、男でしょ？　我慢できる？」

「危いよ」

「何が？」

「憑いてる」

　碧い眼に動揺が走って――すぐに消えた。

「私に？」

「他にいない」

「何が憑いてるの？」

「そこまでは――けど、眼や動きを見てればわかる」

「嘘よ」

　中尉は手を広げた。

「いらっしゃい。これでも男の悦ばせ方は、米軍一よ」

「これは何位？」

　二人の間に一秒ほどの沈黙が生じた。

　突然、中尉が下半身を起こした。ブリッジの形であった。ただのブリッジでないのは、上気した顔と表情と喘ぎ声でわかった。

　中尉は、戦闘用のパンツとパンティに守られた部分の奥に、凄まじい快感を感じたのである。

　ただ一点の急所中の急所――自分も知らない、そこを、硬く、冷たく、そして信じられないほどに細い指が貫き、くすぐって、いじくり、こねまわす――その動きの生み出す快感は、たちまち中尉のその部分を燃え上がらせた上、理性もろともどろどろに溶かし、彼女を一匹の女獣に変えた。侵入した指は神の指だったのである。

のたうちながら、中尉は、服を脱いだ。パンティも取った。そんなことをしなくても、内部のものが与える快感は変わらないとわかっていた。だが、脱がずにはいられなかった。神には裸体を捧げるのだ。

「君は米軍に所属していない」

とせつらは言った。

「だから、〈公園〉を出て来られた。誰のお蔭かな」

ベッドの上で儀式のごとく悶え踊る女体に聞こえるはずもない。現に、次の瞬間、中尉はベッドに戻って失神した。

せつらは痙攣する女体をぼんやりと見つめていたが、ついに動きが止まったとき、その口と耳から白い塊がせり出して来た。表面がうっすらとかがやくそれは、一種の霊物質とも見えたが、中尉の胸もとを滑ってベッドからしたたり落ちると、みるみる人の形を取った。

「これはこれは」

無感情のせつらの声に、塊は顔の部分に数条のくびれを走らせ、人間の顔を作った。

それは――

数秒後、中尉は快楽の園から戻った。

「大丈夫？」

ぬけぬけ訊ねるせつらへ、猛烈なビンタが送られたが、何なく躱して、

「では、失礼。ホテル代はお願い」

軽い会釈をして、全裸の女を残し、さっさと出て行ってしまった。

この時点で、せつらの目的は二つになった。王子のミイラを捜すことと、ソドムの捜索である。

ソドム自身は、ああなっても理性を失わず温厚さは保証付きだが、何といっても体内に途方もないエネルギー製造工場を抱え、しかも、最新鋭兵器にも狙われる身だ。戦いの挙句の暴走が何処まで広がるかは保証の限りではない。

とりあえず、深夜バスで家へと向かうことにした。疲労が残っている。〈中央公園〉での死闘と、場所自体の持つ妖気を浴びたせいである。〈新宿西口〉を過ぎたところで、それは起こった。

地面が揺れた。

悲鳴が上がった。

観光客たちのものだった。立ち上がりかけたり、席(シート)で震えている数人の他は、みな平然と揺れるに任せている。

だが——車体が大きく右へ傾いた。〈区民〉の余裕を越える揺れである。前後左右で車体が横転していく。

「おお!?」

歓喜の声が上がった。

車体が戻ったのだ。それが、ひとすじのチタンの糸によるものだと知る由(よし)もない。

「何だ、今のは?」

年配の男の声に、

「〈魔震(デビル・クエイク)〉よ」

若い女の声が応じた。

異議を唱(とな)える者はない。

せつらの前の席から、ジャンパー姿の若者が立ち上がった。

背中に小さな炎が点(とも)るや、みるみる全身を包んだ。

声ひとつ出さずに、若者はゆっくりと乗降口に近づいた。運転手がドアを開けた。

若者はステップから飛び降り、着地し様(ざま)に燃える灰となって消えた。

もうひとつのドアも開いた。無事な客たちが次々に降りていく。

せつらは最後から五人目であった。いちばん過酷(かこく)な目に遇っていないから自分は最後まで踏み留まるという考えは、この若者にはない。

足早にバスから離れたのも、ガソリンに引火して爆発した場合の圏外を求めてのことだ。

あちこちでパトカーと〈救命車〉のサイレンが鳴りはじめた。

「やれやれ」

とつぶやき、せつらは携帯を取り出した。

そのかたわらに、通路をはさんで坐っていた若者が、よろめきながら現われた。


揺れを感知する前に、ドクター・メフィストは異変を察していた。

緊急警報を発令し、

「じき、異変が生じる。第一級医療体制にシフトしたまえ」

地震はその四秒後であった。

その間に、エネルギー炉はパワーをアップして、あらゆる動力を装置に伝え、医師も看護士たちも、医療従事者としての本分を全うするべく精神処理を施される。すなわち、死すとも患者を守り抜くべし、と。

ロビーの人々を防禦壁が保護し、患者たちは保安ポッドに移され、それ以外も漏れなくバリヤーの保護の手に入る。

そして、この処置はもうひとつの役目を帯びていた。

危険な存在を逃がすな、と。

四秒後の揺れは、全スタッフの胸についたバッジを赤く染めた。

この揺れの原因は〈魔震〉だと。


揺れが収まる前から、異変は生じた。

重患の人々が次々に牙を剝き、眼を血走らせて、他の人々を襲い出したのだ。

その多くは、バリヤーに妨げられたが、平然とそれを抜ける患者たちも多く、麻痺線もガスも無益であった。

院内を統括するAIは、ただちに担当を別次元に変えた。

「第一次心霊防禦」である。

魔人化の原因は細菌やウイルスにあらず、妖気によるものだと、ＡＩは知り尽くしている。

聖水やお神酒の霧が院内に充満し、悪鬼化した人々を次々にダウンさせた。

院長室で空中のモニターを眺めて一段落を認めたところで、メフィストは鳴りっぱなしの携帯をオンにした。

「僕だよ」

「何の用だね？」

「つっけんどんだな」

「非常事態だ」

「わかってる。〈魔震〉だな」

「何の用だね？」

「このレベルだと——死者も甦るかな？」

「いやいや」

「ひと安心」

「次が来たら危険だが」

「来るか？」

「間違いない」

「うわわ」

「どうかしたかね？」

「地の底へ行かなきゃならない」

「気をつけたまえ」

「それだけか？」

「他に何か？」

「ばいばい」

通信は切られた。

「困ったものだ」

薄く笑って携帯を収めようとしたとき、白い医師は、患者たちを忘れていたことに気づいて、軽く眉を寄せた。

3

エレベーターを降りると、せつらは八方へ妖糸を飛ばした。一〇〇〇分の一ミクロンという、重さも持たないチタンの糸は、それこそ電波のように妖気を含んだ闇の奥に消えた。

手応え（てごた）えは三分とかからず伝わって来た。

方角も知れぬ〈亀裂〉の中を、せつらは滑るように走り出した。

銃声がやって来た。

「ららら」

走りながら指を動かした。数百分の一ミリ単位の動きでもって、妖糸は別のものに巻きついた。

分厚（ぶあつ）く、ごつい上衣（うわぎ）、腰のホルスターと自動拳銃（オートマチック）、通信機、胸の手榴弾（しゅりゅうだん）と閃光弾（せんこうだん）——兵士だ。立っているのが四名、倒れているのは六名。全員死亡。


前方三メートルに妖糸を横に張って、せつらはそれに跳（と）び乗るや、糸を蹴（け）った。前もってこしらえておいたしなりが、その身体を前方三〇メートルも跳ばした。そこに張った糸をまた踏んで——五回で現場に着いた。

三人の兵士は服装からして、ロシア兵であった。

一〇メートル先で視線が交わっている。小柄な痩（や）せた人影が立っていた。

干（ひ）からびた全身。なのに輝いている。身にまとっているのは、金銀宝石をちりばめた外衣とズボンであった。黄金のサンダルをはいている。

「時価——一〇兆オーバー」

とつぶやくより早く、三人の真ん中の兵士の構えた武器の銃口から、真紅の光条がミイラの胸部に伸びた。レーザーではない。粒子ライフルだった。

光は目標の全身を呑（の）み込んだのである。

照射が熄（や）んだ。燃え上がる人型は、右手を左の肩口に当て、手刀のように振り下ろした。その手には弓状の物体を握っている。

炎はなかったもののように消えた。

兵士は腰の火炎筒を摑んだ。安全リングを引き抜くと同時に、ミイラの足下に放る。正確な場所に落ちた。兵士は常軌を逸していたに違いない。数万度の粒子を撥ね返す異物に、遥かに威力の劣る火炎筒が通用する訳がないからだ。

火も消えた。

加害者と被害者は向かい合った。後の二人は後方へと走り出している。

ミイラが右手を上げた。手にしているのは黄金の弓であった。

弦を引いて放った。数秒を要した動きを邪魔する者はない。兵士は心臓を押さえて、その場に倒れた。

せつらは首を傾げた。ミイラが矢を放った兵士は心臓を射抜かれて倒れた。それはいい。だが、矢は何処にある？

ミイラは確かに弦を引き絞った。そのときから矢はなかったのだ。

「はあ」

と唸ったとき、小さな干からびた顔がこちらをふり向いた。

「ヤバ」

せつらは右手を上げて、

「はーい」

と声をかけた。

ミイラの顔で、細く短い裂目のような眼が開いていた。

眼球もあった。それがせつらを映した。

弓が上がった。

せつらは動かない。

地上ならばどんな神速を誇る矢でも、妖糸の壁が受け止める。だが、存在しない矢を断てるのか？

弦は引かれた。そして、ゆっくりと戻っていった。ミイラの眼が恍惚に溶けていたことを知るの

は、せつらしかいない。

美しき魔人の魔術は、呪われた地底でも遺憾なく発揮されたのだ。

「ラビア？」

とせつらは頭の中で訊いた。言葉が通じるとは思えない。

——そうだ
返って来た思考は、やや弱々しい気力が支えていた。

「ソドムから、あなたを捜すよう依頼されました」

「証拠があるか？」

「信じてもらうしかありません」

せつらは、ミイラを見つめた。

魔法はまた発揮された。

「信じよう。そなたの言葉ではなく、その美しさを」

これに対する返事が、

「どーも」

では、釣り合いが悪すぎるが、本人が気にするはずもない。

「それでは——上へ」

ミイラはうなずいた。

せつらはもと来た方角へ歩き出した。

「ソドムを呼べるのか？」

歩きながら、ラビア王子が訊いた。

「何とか」

「生きているとは思っていたが、会えるとは思わなかった。礼を言う」

「言われても困ります。彼は誰の助けも借りず〈魔界都市〝新宿〟〉で生き抜いています」

「私もそうありたいものだ」

「ひとつ気になることが」

「何だね？」

答えは言わず、せつらは両手の妖糸を動かした。

通路に炎塊が生まれた。炎がぐんぐん膨張してくる。

逃れるには上空だ。岩を切断して盾にするのは間に合わない。

だが、ラビア王子が前へ出た。

「任せて」

せつらは上昇に移った。任せてしくじったら、もっと高いところへ行かなくてはならない。

舞い上がった足下まで炎が迫って来た。

「放せ！」

王子がもがいた。彼はせつらの腕をぬけて自ら火球の中へと身を躍らせて行った。

だが——

せつらは少し眼を丸くした。落下するミイラの足下で炎が後退していくのだ。ここにいるのは間違いでしたとでもいうふうに。

ミイラの着地はあと数センチのところで、あらゆる加速がゼロと化した。空中にふんわりと停止したまま、呆然と足下を見つめるミイラを、見えざる糸が、そっと石の床へと下ろした。

きっと天井を見上げる皺だらけの顔の前に、音もなくせつらが降下した。

「お元気そうで」

ふざけた挨拶へ、

「余の指示に逆らうな。任せろと命じたぞ」

「しくじったら、僕まで巻き添えになるし」

「余はしくじったことなどない。誰もが知っておる」

「僕は国民じゃあないから」

「ま、それもそうだ」

ミイラはうなずいた。道理はわかるらしい。専制君主かもしれないが、性質は悪くなさそうだ。

「今回の件は不問に附す。次回から逆らうことは許さん」

「はあ」

「余を舐めておるか？」

「いえ。はい」

「よろしい。ではソドムの下へ案内せい」

「はあ――いえ、はい」

「よろしい」

ナパーム弾を投下した敵が、すでに逃走したことはわかっていた。背のフライトバッグをせつらは見ている。

次の爆撃があるかとも思ったが、それはなかった。

だが、二人は生き残り、恐らくはメンバーも増やして、ミイラの奪還を策してくるだろう。何よりも〈新宿〉がいつも味方とは限らない。アメリカもロシアもフランスも、永久機関を手に入れるための手段なら無差別虐殺でもやりかねない国だ。

「ひとつ質問」

エレベーターの中で言った。

「何だ？」

「あなたも永久機関を？」

「ああ。国を出る前にな。これさえ身につけておけば、不死身だとグリセオは言っていた。ま、どうでもよい」

「どうでもよい？」

「不死身になって楽しいことがあるか？　余の楽しみは、城の天文台の望遠鏡で、日ごと夜ごと宇宙の星々を見ることであった。星の彼方と人は言う。その彼方にも星があり、さらなる彼方がある。そう考えると、人間の生命など小さなものじゃ。宇宙の果てを極めることなど永久にできまい」

「仰せのとおり」

自分でも、素直だと思う返事をせつらはした。

「空しいものです」

「おまえはニヒリストか？」

「は？」

「余の国にもおまえのような輩は多かった。一時期、政府内の反対派の策謀によって、国民の半分以上が死を願いはじめたほどだ。そうなれば、武力を使わずとも、国は滅ぶ。だが、余は許さなかった。敵が心理戦で来るならば、こちらは正々堂々武力で迎え撃つ。敵の首都に陸と海からミサイルを射ち込んで片をつけた」

「………」

「そんなニヒリストにおまえは似ておる。そうなのか？　ならばここで処断してくれる」

方向がおかしなことになってきた。

「じき着きます」

と言って、せつらは口をつぐんだ。


地上には闇が落ちていた。

木乃伊はすぐに好奇の眼で周囲を見廻した。

「珍しい？」

と訊いて、

「うむ」

興奮の返事が返って来たとき、せつらは愚かな質問をしたものだと思った。

「余は国の外へ出たことがあまりない。敵とその廻し者たちがうようよしておったのでな。そのせいか、ソドムらに守られて脱出するときも、正直、楽しみであった。国の外にはどのような世界が待っておるのかとな」

「外国放送とか」

「全て父から禁じられておった。必要なことはわしが教えるとな」

「専制主義の暴君――おっと失礼」

せつらはこちらを睨みつけるミイラの背に廻って肩を揉んだ。じかに骨格である。

「ん？」

「どうかしたか？」

「いや――何でも」

「おまえ、マッサージが上手いな」

「へえ」

「宮廷にも優秀なマッサージ師はいたが、いや、これほどとは、骨が喜んでおる」

「はは」

こちらは笑っていいのか悪いのかわからない。

肩が終わると、立ったまま、

「うむ。腰も揉め」

「腕と足もだ」

とか言い出したので、

「では鍼を」

とせつらは、奥の手を出した。

「鍼師もおったが、あれは役に立たなんだ——どころか、第二宰相の廻し者であった。二人まとめて死刑をつかわしてやったが」

「まあ、物は試し」

「よかろう」

「では、場所を変えます」

「任せる」

どうやら信頼されてしまったらしいと、せつらは小首を傾げたが、〈亀裂〉へ客を運んで来たタクシーを見つけ、ミイラを促して近づいた。

ミイラの顔を見た途端、ぎょっとした若い運転手へ、乗り込んでから、

「新米？」

と訊いた。

「えっ、ええ。一昨日から〈新宿〉の営業所に。大丈夫です。じき慣れます」

〈区外〉からの出張所も当然ある。多くは、マインド・コントロール処置を受け、異形の顔や姿を見ても動じないのだが、先天的にそれが効かない連中や、ヤワい処置でよしとする会社や組織も多く、運転手はそのどちらかだったのだろう。

「早くそうなるといいね」

「頑張ります」

応じる運転手の顔は真っ赤で眼はとろけている。美しい妖物に対する処置も受けているはずだが、後ろの乗客は桁が百も二百も違うのだ。

「それであの——どちらまで？」

せつらが返そうとした瞬間、

「この都市でいちばん賑やかな場所はどこじゃ？」

と運転手の頭に入って来た。

「〈歌舞伎町〉ですが」

「そこへやれ」

運転手はルームミラーのせつらを見たが、また恍惚状態に陥（おちい）っただけである。

「オッケ」

とようやく聞き分けて、ようやくスタートさせた。

第五章　木乃伊（ミイラ）漫遊記

1

せつらの胸は晴々としなかった。こののんびり屋には滅多にないことだ。それだけにいったん発生すると、かなり気が重く感じられる。

理由は勿論、隣にいる木乃伊――ラビア王子のせいだ。一応近代国家の王子だが、異形と化したものの思考回路や行動形態は、この〈新宿〉の申し子にもよくわからないことが多い。今回はどう出るか？

〈歌舞伎町〉の「入口」――駅から〈東宝ビル〉へと続く通り〈靖国通り〉との交差点に着くと、せつらは木乃伊ともどもタクシーを降りた。

「大丈夫かい、綺麗なお兄さん？」

運転手が訊いてきた。

「何とかなる」

「ならいいけどよ。何ならついてくぜ。これでも、廃業したがプロのボクサー・ライセンスは持ってたんだ」

「好意だけ」

せつらは微笑を造った。運転手は沈黙した。一瞬だが気を失ってしまったのだ。せつらは無言で車を離れると、〈歌舞伎町〉へと向かう人の流れに混じった。

木乃伊を見て驚く連中もいるが、みな観光客のグループだ。

何処へ連れて行こうかと考えたとき、

「いちばん乱暴な場所は何処だ？」

と訊かれた。

「何、それ？」

「いつも殴り合いの起こっている場所だ」

「なら――こっち」

喧嘩なら〈ゴールデン街〉である。かつては自称他称の文士や芸術家たちが集い、呑んだくれの芸術論を交わしては殴り合いが交わされているという小さな酒場の集落は、今に至るも新しい武勇伝を語り続けている。しかし、そこが好きだとは、この木乃伊――どういう趣味をしているのか。

〈ゴールデン街〉は、この新参者を好意的に迎えたようであった。

〈靖国通り〉から最も近い小路に入った途端、一軒のドアが開いて、とび出して来た痩せぎすの男が地べたに転がった。

「ほう、これはこれは」

木乃伊が呻いた。明らかに興奮している。

「暗雲低迷」

とせつらはつぶやいた。

男はすぐに立ち上がり、開けっ放しの戸口へ突入して行った。

悲鳴が上がった。

今度出て来たのは、一五〇キロ超と思しい肥満漢であった。痩せた男の相手だろう。

数歩進んで、前のめりに倒れた。

あるのかないのかわからない首すじのあたりに、幅広のナイフが突き刺さっている。

「お返しか――やるのお」

木乃伊が唸った。

「前進前進」

せつらは先に立って歩き出した。

小路の奥から銃声が轟いた。

ジャージ姿の男がこちらへ向かって来る。木乃伊の前へ来るや、その背後に廻って、右手のリボルバーを顎に押しつける。せつらは自発的に後退していた。

二人の前に数人の〈機動警官〉が駆けつけ、停止した。

「その――」

言いかけて眼を丸くする。さすがにとまどったらしい。

「木乃伊」

いつの間にか、彼らの背後に廻っていたせつらがアドバイスした。

「――木乃伊を離せ、もう逃げられんぞ」

「うるせえ！　近づくとぶっ殺す」

薬でもやっているらしく、舌足らずだが、狂奔した叫びであった。その頭の中へ、

「何をした？」

静かな問いのせいもあって、男にはわからない。

「こ、殺すぞ」

「何人だ？」

「四人だ。てめえで五人目だぞ」

「これは恐ろしい。では逃がしてもらおう」

「なにィ？」

小さな肘が男の鳩尾に入った。

ぐわっと息を吐きつつ後退しながら、男はこちらを向いた木乃伊の胸と腹に３５７マグナム弾を五発射ち込んだ。

激しく震え――それだけだ。拳銃弾の傷など、負った刹那に消滅してしまう。永久機関のパワーだ。

空しく空弾倉を射ちつづける男に、警官のひとりが麻痺警棒を打ち込んで昏倒させた。

「無事だね？」

別のひとりが訊いた。

「安心したまえ。銃弾など紙つぶてと同じだ」

と、せつら。

「それはそれは」

警官はしげしげと木乃伊を見つめた。眼をそらさないのが〈新宿警察〉らしい。

「一応、署で話を聞かせてもらいたいが」

ここで言い澱んだ。これまたいつの間にか、木乃伊の後ろに廻ったせつらを見たのである。

「秋くんの友人かね？」

「はあ」

「なら身元保証人になれるな？」

「はあ」

警官は同僚たちを見つめた。全員うなずいた。

「では任せよう。後はこちらで処理しておく」

「よろしく」

犯人に肩を貸しながら、警官たちは去った。

「気が済んだ？」

せつらは月光の下で訊いた。木乃伊は、

「いいや」

と答えた。

「なかなか面白いところだが、我が国でも飲み屋の喧嘩なら毎夜のことだ。もっとこの街らしいユニークなトラブルはないのか？」

「ゆにーくなとらぶるねえ——こっち」

さっさと前進し、右へと曲がる小路へ入った。

一軒の店の前に五人ほどの男が押しかけ、小さなドアの向こうにある階段を上がって行く。

せつらも後に続いた。

上がりきったところの左にドアがあり、その上に「バー・六本木」と小さな看板が架かっている。いい度胸だ。

カウンターだけの店内では、五つの椅子のうち二つに男が腰を下ろし、後は壁を背に立っている。凄みを利かせているのだろうが、何処となく鬼気めいたものが周囲に感じられた。

せつらと木乃伊の方は見もしない。

返せ、と聞こえた。

カウンターの向こうの口髭を生やした店長がそっぽを向いて、グラスを取り上げて磨きはじめた。

「開店資金二千万——期限は半月前だ。待ちの期限は今日だぜ」

「ない袖は振れねえよ」

とマスターは言った。取り立て係より、ドスの利いた声である。

「もう半月待ってくれ」

男がマスターの手からグラスを引ったくって、後ろの酒のケースに叩きつけた。

ガラスが砕け散る。木乃伊がうーむと唸った。

「ふざけるな。契約どおり——おまえの手足と胴体を貰って行くぜ」

「もう女房と子供のは盗ってったろ。少し待ってくれ。おれをバラしたら、金は戻らねえぜ」

「諦めるよ。それよりおめえのパーツ使って、儲け話を考えたほうが早い」

男がマスターの方へ顎をしゃくると、背後の男たちが、ふわりとカウンターを飛び越えて、マスターの肩を極め、カウンターへ頭を押しつけた。

「待ってくれ」

二人がリーダーの方を見た。リーダーはうなずいた。

左右の男が右手をふり上げた。手首から先は蛮刀に化けていた。

それをふり下ろす寸前、

「待て」

と木乃伊が制止した。

はじめて、全員がこちらを見た。

「邪魔すんなよ、枯骨」

「こいつはこうしかならねえ奴なんだ」

「邪魔すると、とばっちりを食うぜ」

「それでもよせ」

木乃伊が前へ出た。せつらは止めなかった。

「サイズからして餓鬼だな――木乃伊でも、生きて動いてる以上、感覚はあるんだろ。首を斬られると痛いぜ」

「やめろと言っておる。それがわからんのか、低能児ども」

「言いやがったな」

リーダーのそばにいたひとりが、木乃伊の方へやって来た。右手は同じく凶器と化していた。

木乃伊の頭頂部めがけて斬り下ろした刃は、その顔を切断し、首のつけ根まで割った。

かすかなモーター音をせつらは訊いた。

蛮刀は引き抜かれた。

その傷が塞がり、跡形もなくなるのを、男たちは黙って見つめた。

「こいつは——」

斬りつけた男が呻いた。

「人間でもねえし——おれたちと同じでもねえ。何者だ？」

「何でしょう」

木乃伊は両手を広げた。

モーター音がかすれた。

男たちが、すうと色を失った。

「この世のものではないか」

と木乃伊がつぶやいた。

彼が何をしたかはわからない。だが、男たちはさらに透きとおり——消滅した。

マスターもいなくなったのを確かめてから、

「みな、幽霊だったのだな」

と木乃伊は言った。

「この街らしいところへお連れした」

せつらは、ぼんやりと口にした。

「確かに」

木乃伊はうなずいた。

「しかし、よく消せたね」

「霊とはいえ、この世界に出現する以上、ここの物理法則に従う。つまり、一種のエネルギーの形を取らざるを得ないのだ。それなら、余の力で消せる」

「なるほど」

せつらは納得した。それから疑惑を口にした。

「けど、お幾つ？」

少年には思えない知性と口ぶりであった。

「八歳じゃ」

「へえ」

「年齢で人を判断するな。余は三歳から学問を叩き込まれた」

「嫌にならなかった？」

「王としての務めだと教えられたのでな。国と民の未来が、余にかかっていると思えば、何でも我慢できた。学ぶくらい楽なものだ」

「ふむふむ。機械はいつ？」

「体内に入ったか、か？」

「はあ」

「これがお笑いでな。薬と間違え、飲み込んでしまったのだ」

本当におかしいのか、木乃伊は笑い声を上げた。

「七歳の誕生日に、父がその機械を持って、余に見せた。そして、いかに凄いものであるかを話した。余と父とソドムとセルジャニとが庭へ出た。戦車が置いてあった。よく見ておれと父は言い、何処にでも売っているオモチャのロボットにそれを入れた。そして、戦車に向けてロボットの両手を伸ばしたのだ。次の瞬間、戦車は跡形もなく消えていた。ロボットの腹から取り出した機械は薬のカプセルよりまだ小さかった。余は、こんなものが余の腹に入れば、どんな敵にも勝てると思った。そして、宴になっても、父はその機械を手元のテーブルに載せておいた。余は皿の上のチョコレートに手を伸ばした。そのとき、ワインを注ぎに来た家来が、バランスを崩してテーブルに手をついた。拍子に、機械をチョコレートの皿の中に跳ねとばしてしまったのだ。タイミングよく、余が伸ばした指先の前に落ちたらしいというのは、見ていないからだ。それをつまんで口に入れたとき、父が絶叫し、驚いた余はそれを飲み込んでしまった」

「…………」

「父は余を宮廷内の病院へ運び、取り出そうとしたが、無駄だった。開腹手術は強行されたが、手術用のメカがみんな暴走してダメになった。ならX線だけでもと思ったら、ちゃんと撮れたらしい。そしたら、機械は余の胃に同化してしまい、手の打ちようがないとわかった。以後、そのままだ」

「同化」

せつらはつぶやいてから、

「取り出してみたい？」

「そうだな。できればな」

木乃伊の声に哀しみが混じった。

「へえ」

「余は既に死んでいるのだろう?」

　問いであった。

「そう」

　とせつらは答えた。

　王子は〈亀裂〉の中で死んだ。なぜ〝永久機関〟が作動しなかったのかは、わからない。彼もソドムも、そのとき死んだのだ。だが、いま未知のメカニズムによって、彼らは生きている。なぜか、それを生と呼ぶことをせつらはためらった。

「ならば、宇宙の理に従いたいものだ。なぜならば、生きている限り、余の体内のものを狙って、スパイどもが暗躍する。その結果は死体の山だ。誰であろうと、余を殺すことはできぬ。しかし、敵は決して諦めまい」

「そうそう」

　物のわかった者が聞いたら、激怒しそうな返事であった。

「手はあります」

　とせつらは言った。

　その顔は木乃伊ではなく、ある方角を向いていた。

　もと〈新宿区役所〉の方へ。

2

　二人は近くのバーへ入った。

　木乃伊が、一杯飲りたいと言い出したのである。酒は王族のたしなみとして、生まれてすぐ、薄めのものから飲まされていたという。

「アル中?」

　と訊くと、ブルーチーズをウォッカで流し込みながら、

「あの程度でそんなものにはならん。しかし——」

　と、チーズの残りを指でつまんで持ち上げ、しげしげと眺めて、

「不味い」

「味覚はある？」

「そう言えば——いや」

首を捻っている。

「ま、一杯」

と女バーテンダーに目配せし、ストレートで注ぐと、

「ダブルで」

と来た。

「あら、こちらイケる口？　やっぱり乾いてらっしゃるかしらね」

バーテンが、心底感心したように、眼を丸くした。色っぽい美人だが、木乃伊を気にするふうもないのは、やはり〈新宿〉の住人だ。

木乃伊も木乃伊で、ダブルをきゅっと空けると、ぷはあと人間なみの声を出し、

「今度は縁までね」

「まあ⁉」


とせつらの方を見かけて、間一髪で食い止めると、

「強いのねえ。でも——お幾つ？」

「こうなったときは八歳だ」

「へえ。色んな事情があったんでしょうねえ」

「まあな」

とグビリ。バーの客としての会話も堂に入ったものだ。せつらも無言で見つめている。

「けど、面白いお客さんたちねえ。〈新宿〉でも珍しいカップルじゃないの」

「つまみをくれ。生ハムがよろしい」

「あらあら」

バーテンは笑顔で冷蔵庫の方へ行った。

奥の方で、

「危いぞ」

と声が上がった。三人組のリーマンらしい男たちが、あわてて席から立ち上がる。ついていたホステスも、虚ろな声で、

「まあ⁉」

「ごめんなさい――気がつかなくて」

「――ツケで頼む。またな」

　次々と戸口へ向かい、闇の中に出て行った。

「もうそんな時刻？」

　バーテンが向かいの壁に架かっている大時計を見上げた瞬間、外から悲鳴が上がった。大きさからして、リーマンたちのものだ。

「何事だ？」

　と、出された生ハムをクチャクチャやってる木乃伊へ、

「ここは〈放浪鬼〉の通り道か」

　とせつらが、さして面白くもなさそうに訊いた。

　バーテンはうなずき、

「そうです。前は〈河田町〉の通りだったんですけど、二週間くらい前から移って来たようです。面倒臭いったらもう」

「何の話だ？」

　と木乃伊。

　せつらはバーテンに、

「教えてやって」

　と振った。

「こちら〈区民〉じゃないわよね」

「そ。一(いち)から」

　バーテンはうなずき、戸口へ眼をやってから、

「〈放浪鬼〉というのはね」

〈新宿〉の夜の魔性(ましょう)のひとつだ。夜のみ活動し、獲物を求める妖物は、他にも『うろつき女学生』や『ノック氏』とかが挙げられる。その殆(ほとん)どが〈危険存在〉のAランクに位置するため、今でも住宅街や、人通りが少ない呑み屋街には、自警団や傭兵(ようへい)が欠かせない。

　この通りには、それがまだ完備されていなかったようだ。

　先ほどのやり取りでわかるように、〈放浪鬼〉には出現時間が決まっているのだが、時折り、それが狂い、今も犠牲者が出たばかりだ。

「でも、『放浪鬼』は家の内部には入って来ないから安心よ」

微笑みかける美女に、木乃伊は、

「しかし」

と応じた。

「出ないはずの時間に出た――というのは掟破りだ。なら、入って来ないというのも絶対ではあるまい」

「………」

「どうやら、当たり」

せつらは戸口の方を見つめていた。

扉に何かがぶつかった。

「自動錠をかけたから――大丈夫よ」

というバーテンの声も、何処かずれている。

「面白い」

木乃伊がグラスを置いた。空である。

「さあ来い」

せつらの口元を淡い微笑がかすめた。微笑ましい――ではなく、呆れたのである。

応じるようにドアが、きしみを友に内側に曲がった。

木乃伊がスツールから下りた。ひょこひょこと扉に近づく。

いきなり扉を蹴とばし、

「帰れ。痛い目に遇うぞ」

と脅した。バーテンが眼を丸くする。

無論、ドアはさらに湾曲した。

「忠告はしたぞ。愚か者め」

その眼前で扉が倒れ込んで来た。

長方形の戸口に黒いものが詰まっている。それが、ぐうっと内部へ潜り込んで来た。

木乃伊が両手を前方に突き出し――呑み込まれた。

突然、黒い塊は消滅した。

バーテンもホステスも眼を剝いたままだ。

せつらが、

「しまった」

とスツールを下りた。

ミイラの姿はなかった。


〈歌舞伎町〉のホステス差江津美歌は、昨夜の深酒と冷めた湯船で眠ったせいで風邪を引いてしまい、今日は休むことにした。

高熱と咳と猛烈な鼻水は、ほぼ丸二日彼女を苦しめたが、深夜近くになって、ようやく熱も引きはじめた。身体は正直なもので、欠片もなかった食欲も湧いてきた。何とかコンビニで食料を買い込めた。

〈東五軒町〉の一角である。

それでもフラフラとビニール袋とともに歩いていると、いきなり黒い塊が前方に生じ、反射的に逃げようと身を翻す寸前、小柄な少年の姿となった。

黒い塊の爆発したような消え方が気になったが、少年がよろめくのを見て、思わず駆け寄ってしまった。警察へ連絡する前に、金目のものを抜き取ってやろうと思ったのである。まずは財布と時計だ。

だが、近くで少年の顔を見た途端、美歌は、眼を剝いた。

「木乃伊」

呻きと同時に、ある情報が頭に点灯した。この木乃伊を渡すだけで、一〇〇万円をくれる組織があるという。

それでも手を出しかねていると、木乃伊のほうから、

「何か用か?」

「わお」

と放って、二歩後退する先で、木乃伊は大きく伸びをして、仰向けに倒れた。

「ちょっと――大丈夫?」

と声をかけたのは、計算抜きの気遣いからである。

「黒いのは消えちゃったわ。あんたがやったの?」

「そうだ。何処へ連れて行くか知らないが、適当

なところで吹きとばしたら、ここだった。ここは何処だ？」

「〈東五軒町〉ってところよ。知ってるでしょ？」

「聞いたような気も——しかし」

そこへ、数人の男たちが通りかかった。風体も顔つきも暴力団剝き出しだ。

ひとりが、面白そうに近寄って、美歌と木乃伊を眺め、

「木乃伊ですぜ、こいつ——おい、何してやがるんだ？」

と美歌に訊いた。

「知らないわよ。コンビニから帰る途中、そこに倒れてただけよ」

別のひとり、いちばん年配の男が木乃伊の手と頰に手を触れ、

「本物の木乃伊か。ならいい。バラグーダ医師のところへ連れて行こうや。ひょっとしたら高く売れるぜ」

「幾らだ？」

「そうさな、腕一本で」

反射的に答えて、木乃伊の問いだと気づいた。

ひっと跳びずさる手を摑んで、

「幾らになる？」

と木乃伊が訊いた。

「な、なんだこりゃ？　てめえ生きてるのか？」

「そう見えるか？」

「あ、ああ」

「ならばそれでいい。それで繰り返す。この腕一本で幾らになる？」

三人目が、木乃伊の肩を摑んだ。

「てめえ、あの世に戻れ」

と反対の手で、アメリカン・ルガーM22Sを木乃伊のぼんのくぼに突きつける。ウインチェスター社のWMR22口径弾は、完璧とは言えなかったが、火薬組成等と燃焼速度に改良を加え、あらゆる22口径銃に使用し得る逸品となった。

22口径といえば必然的に銃本体はコンパクト化し、重量も軽減される。これもフレームから銃身に到るまでの全部品がポリマー製だ。だが、現実の殺し屋やボディガードたちの殆どが、大口径銃にあらず、25、22口径等を選ぶのを見てもわかるとおり、殺傷パワーは充分だ。筋力増幅剤等を使用している標的には、多弾数で片をつける。男のルガーには三〇連のロング・マガジンが装填されていた。

「幾らだ？」

木乃伊が訊いた。摑まれた男の手首が、きしみ音をたてた。声もなくのけぞる。

「野郎」

引金が引かれた。

ポリマーの銃が跳ねあがる。確かに木乃伊の後頭部には小穴が開き、額から脳漿が——噴出しなかった。それどころか小さな射入孔もみるみる縮まり、消滅する。

男も〈区民〉だった。さして慌てもせずに、右手につけた金色のブレスレットを木乃伊に向けた。どぎつく光る悪趣味な指輪は超小型のレーザーガンだった。

真紅の光条がまたも木乃伊を貫通し——それだけだった。

木乃伊の眼が光った。見えない無限のエネルギーが、男の右腕を肩から消滅させた。

男がそれに気づいたのは、周りの連中の視線によってであった。

「げっ、ねえ！」

と叫んで消滅した腕を撫でた。

「ねえ。少しも痛くねえのに、ねえ！」

「余の腕より高価なら、差額は弁済する。余の腕を買おうという人物のところへ連れて行け」

バラグーダ医師の医院は、〈高田馬場駅〉近くの古いマンションの一室であった。

一階の全フロアを買い取ったうちの三分の一が診

察室で、残りは「工場」に充てられている。

治療でも入院病棟でもない理由は、木乃伊を迎えた瞬間の、医師の反応でわかった。

「これは——丸ごと来るとはな——しかも、動くとは。これは高く売れるぞ。御苦労だった」

と、男たちに封筒入りの現金を渡して帰すと、

「あいつらと来た以上、事情は察しているね？」

と訊いた。七〇を超えていそうな老人斑だらけの顔が、期待に輝いている。

「ああ。余の腕が金になるらしいな。どちらでも持って行くがよい」

「これはいい度胸だが。〈亀裂〉から出て来た存在についての話や噂も耳に入っている。君か？」

「そうだ」

「さる国の王子だと聞くが？」

「そうだ」

「となると、後々面倒なことになりそうだな」

「どうする、やめるか？」

「いいや」

医師はあわてて首を横にふった。

「買わせてもらおう」

「構わない。持って行け」

「これは驚いた。自分を売りに来る木乃伊もいた。しかし、ここまで気前がいいのは初めてだ。失礼ながら、金が必要なのかね？」

「そうだ」

「正直でよろしい。何か事情でも？」

「どんな場所でも、生きていくには金がかかる。関係者に迷惑をかけるわけにはいかないのだ」

「関係者に？　君なら食費も医療費もかかるまい」

「余をつけ狙う奴らがいるのだ。彼らは、手段を選ばん。流れ弾が一般人の車輛に命中しても、修理の費用がかかる。とばっちりを受けた人たちには、それなりの補償をしなくてはならない」

医師は、細い眼に、長いこと干からびた王子を映していた。

やがて、言った。

「腕一本――一千万円でどうだ？」

「よかろう」

「いいのかね？」

「この国の貨幣価値はまだよくわからない。任せるしかないな」

バラグーダ医師は、急に腹を抱えて笑いはじめた。

それが治まってから、

「何がおかしい？」

「――いや、この街に、とんでもない世間知らずが来訪したものだと思ってな。そういえば、もうひとり――こちらは超古代文明からだが、破天荒な女王がいると聞いた覚えがあるが。さすがにそれよりは現代に通じておるわい」

笑いながらだが、口調には純粋な感嘆の響きがあった。

「では、こちらへ」

奥のドアの向こうに、二人は消えた。

3

古代から近代まで、英国を中心としたヨーロッパ一帯では、粉状にした木乃伊の一部を服むと、内臓疾患が治まり、寿命が伸びると信じられていた。

需要と供給のバランスから、エジプトでは木乃伊の発掘が続々と進み、その身体は粉砕されて、ヨーロッパへ送られた。無論、単なる俗説による社会現象に過ぎず、効能については、無益とする資料しかないが、はたして例外があったものか、木乃伊の長寿説は連綿と続き、今の〈魔界都市〉という似合いの土壌で花開いているのだった。

「おれは現金払いだ」

バラグーダ医師は分厚い札束の入った紙袋を木乃伊に手渡した。

「金不足になったら、いつでも来てくれ。まだ売れるものは、いくらもくっついている」

　右手で紙袋を持ち、闇の中に立って、木乃伊は天を見上げた。

「さて、どうしたものか。王は常に孤独と父上には教わった。たとえ異界でもそれは変わらぬ。故に異界もまたおまえの国なのだ――ふむ」

　ひとりうなずいたところへ、彼が立つ通りの奥から、せわしない息遣いと足音が走り寄って来た。

　派手なワンピース姿の女であった。

「助けて」

　とすがりついて来た姿の背後に、足音が入り乱れた。

「おや？」

「あーっ!?」

　女は美歌であった。

　足音の方を見てから、必死の形相で木乃伊にすがりついた。

「よかった。助かった。あんたなら大丈夫よ。ねえ、助けて！」

　言い終える前に、足音は二人を取り囲んだ。

「何だ、てめえは？」

　と凄んだ男も、他のメンバーも前の連中とは別人だ。

「とっとと退きやがれ」

「余は構わんが」

「助けて！」

　と金切り声が絡みついて来る。

「助けを求められて、放っておくわけにもいかないな」

「野郎」

　男たちが拳銃を抜いた。昔のやくざは確実に仕留めるには銃でなく刃物を使ったというが、〈新宿〉ではもっぱら脅し用で、小競り合いは拳銃の出番だ。

　美歌が木乃伊の背後に隠れた。

　タタン、タンタンと小さな銃声が鳴り――不意に熄んだ。

木乃伊は平然と立っている。前回の件で不死身ぶりは見せつけられていたが、やはり信じ難い状況であった。

そっと頭越しに覗き、無人の通りを見て、

「消しちゃったんだ」

と言った。

「人を狙う以上、それなりのリスクは負わねばなるまい」

「へえ」

美歌は感動に近い気分で、

「子供みたいなくせに言うわねえ。木乃伊になる前は、刑事さんか何か？」

「王子だ」

「……どっかの星の？」

「サン・テグジュペリか。なかなか教養があるな」

「何か美味しそうな名前だけど、知らないわよ、そんなの。ねえ、片腕なくしたのに悪いけど、みんなを助けて頂戴」

「ついで？」

「あたし、逃げて来たのよ。仲間が、組織の連中に捕まって、処分されそうなの」

「何があったんだ？」

木乃伊の問いに、美歌は夢中で答えた。

彼女の友人の働いている店が、今夜突然、暴力団組織に買い取られ、ホステス全員が売春を命じられたという。逆らったホステスたちは、その場でとんでもないものを見せられた。

「獣とつながった女たちよ。人体改造されたの。ひとりは半分ゴリラで、もうひとりは首から下が大蛇だったわ」

「…………」

「あたし、必死で逃げて来たの。残された仲間はみんな売春を強制されるか、怪物に変えられてしまう。お願い、助けて」

「役人か警察はいないのか？」

「この街で一日にどれくらいの事件が起こると思うの？　あたしたちなんかに救いの手が差しのべられるのは、一年も後よ」

「よろしい。後学のために行ってみよう」

美歌の顔に生気が入り乱れた。

「本当に来てくれるのね、嬉しい！」

「案内がいるぞ」

途端に美歌はためらった。しかし、すぐに言った。

「わかったわ――行く」

うなずいてから、木乃伊はふと天を仰いだ。

「どうしたのよ？」

「いや、何処かで誰かが、あらあらと言ったように聞こえたんだ」

「聞き違いよ。この街じゃよくあるわ」

「行くぞ」

さして、人目も引かずに辿(たど)り着いたのは、〈歌舞伎町〉のホテル街を〈職安(しょくあん)通り〉方面へ少し行った「BAR BLOODSUCKER」であった。吸血者という名は、この奥で行なわれている行為をよく表現しているが、外見は他店に等しく、ひっそりと佇(たたず)んでいた。通りに人は少ないが、入ろうとする客もない。「閉店中(CLOSED)」のプレートがかかっているせいだろう。

「ドアはロックされてるわ。裏から廻る？」

「それは気に入らん。正面から堂々と行くぞ」

「任せるわ」

と言い終わらないうちに、木乃伊がノブを摑んで押すと、抵抗ゼロで開いた。

近くに立っていたボーイが二人で、立ちふさがって、

「閉店だよ」

といった。少し薄気味悪そうに。新種の殴り込みと思ったのかもしれない。

「承知だ。退(の)け」

「なにを――？　てめえ何処だかの組の者(もん)か？」

「組？」

「おう。それともあれか、ただのチビスケの干物か？　なら、コンビニは、ここを出て五、六軒先だぜ。そこで売り込んでみな」

「ここに憐れな女たちと、それを食い物にしている輩がいると聞いた、奥か？」

　と前へ出るのを、

「おい」

　と肩を押し返し――た男は吹っとんだ。

　奥のドアに激突し、後頭部を割って、床にずり落ちる。

　もうひとりが後方へ下がりながら、小型の自動拳銃を木乃伊へ向ける。

　小さな穴が木乃伊の眉間に開いた。それが収縮する前に、男は消滅した。

　紙袋を摑んだ右手を下ろし、木乃伊は破壊された戸口から店内へ侵入した。

　そこは歓楽の間であった。客とホステスではなく、サディストたちの。

　天井から全裸のホステスが四人ばかり吊り下げられ、全員胸から下は赤一色だ。両の乳房は切り取られているのだった。

　周囲にソファを並べて、これも裸の女たちに酒を注がせている男たちが、店の新しい経営者一派なのは間違いあるまい。

　煙草と麻薬の煙が室内を青く染めるなか、彼らは血走った眼を剝いた。

「何だ、てめえは？――木乃伊か？」

「女たちを貰って行く。邪魔をすると痛い目に遇うぞ」

　堂々と言い放ったものだから、

「何を、この野郎」

　ガードマンらしいでかいのが近づいて来た。

　木乃伊の右手が、ある方向を示した。吊られた女たちの死骸を。

　背後で噴き上がった恐怖の叫びが、ガードを立ち止まらせた。

彼はふり向き、眼を剝いた。

吊るされた女たちが、次々と床に降り立ったではないか。首すじに打ち込まれた鉤(かぎ)を外し、白眼を剝いたまま。

「どーーどうやった？　おめえはゾンビ使いか？」

ひときわ恰幅(かっぷく)のいい男が、ソファに腰を下ろしたまま叫んだ。死人が動き出すーーとなれば、いちばん手っ取り早く浮かぶのが、ゾンビ使いである。

「傷が消えてーーお、おっぱいが戻って来たぜ」

「無から有を生む。これが、永久機関だ」

と木乃伊は言った。

「さあ、別のところへ行け。同じような店でも、自宅でも、故郷でも」

女たちは顔を見合わせ、悲鳴とともに乳房と秘部を押さえた。床に散らばった衣裳(いしょう)を拾い上げて戸口へと走り出す。

「ありがとう」


木乃伊のかたわらを通過するとき、口々に叫んだ。

「待ちやがれ、この！」

後を追おうとした無鉄砲は、三歩と行かずに消えてなくなった。

それ以上、動く者はいなかった。

「おめえはいい気持ちなんだろうな。か弱い女たちを悪の手から救ったってよ」

恰幅のいい男が喚(わめ)きはじめた。顔から血の気はなくなり、代わりに汗が埋めている。怯(おび)えきっているのだ。それを糊塗(こと)しようと強気に出ているのだった。

「何処へ逃げようが、おれたちは追っかける。たとえ海外へ飛んでもだ。八つ裂(ざ)きになるのが少し延びただけだ」

「消えたら何処へ行く？」

木乃伊は言った。恫喝(どうかつ)の口調など少しもない。単なる質問であった。答えは期待していないのだ。

「なにィ？」

男は顔の汗を拭った。

「これは余にもわからない。消えた者しかな。そこへ行ってみたいか？」

「………」

「おまえたちが、今の女を捜し出して追いつめるのは簡単かもしれん。だが、それなりの手間暇はかかろう。余には時間がかからぬし、また、かかっても目的は遂げられる」

男は周囲の手下どもと顔を見合わせた。何言ってやがる？　いや、わかりません。

答えは木乃伊が出した。

「あの娘たちを追うつもりなら、この店にいる者たち全員が、いま消えてしまう。消えた先で、余の問いの答えを出すがいい。そして、彼女たちに手を下した連中も、ひとり残らずおまえたちの後を追う。何処へ逃げても捜し出す。そのための時間なら、余は幾らでも持っているのでな」

やくざたちは蒼白になった。この木乃伊の言葉が嘘ではないと確信したのである。

小さな手が打ち合わされた。美歌が眼を丸くした。木乃伊の左腕は元に戻っているではないか。男たちは震え上がった。

「ここにボスもいるのだな。外の子分に連絡を取る前に消してしまえば問題はなくなる」

「おい——待ってくれ」

親玉が叫び、女たちが悲鳴を上げた。

「あ、おまえたちは大丈夫」

木乃伊は左手を上げて制し、

「さらばだ」

「ま、待て」

親玉が両手を突き出し、二つ離れた席の若いのが、テーブルの灰皿を摑んで投げつけた。

木乃伊はあっさりと躱し、若いのは消えた。

「やめてくれ——消さないでくれ。女どもには何もしねえ！」

無様に哀願する姿を映す木乃伊の瞳の中に、別の光景が飛び込んで来た。消えた若いのについていたホステスであった。

親玉の前に立ち、両手を広げて願った。

「この人を消すなら――あたしを先に！」

絶叫と言ってもいい叫びであった。

「この人を消したら、あたしは絶対に戻って来る。そして、あんたを消してやる」

木乃伊は首を傾けて言った。

「親子？」

周りのホステスが首を横にふった。女が叫んだ。

「違うわ。違うってば。親分には義理があるの。癌で入院してる子供の手術費用を用意してもらったのよ！　それなのに、親分は何の見返りも要求しなかった。だから、一生の恩人なの。手を出さないで。出したら、殺してやる」

「そいつの気まぐれだ」

「何だっていいのよ。親分のお蔭で子供の生命は助かった。だから、恩返ししなくちゃならないの」

熱い血と思いが駆け巡る女の頭の中で、かすかな声が聞こえた。

「誰かに似ておるな、ソドム」

木乃伊は手を下ろした。親分を見て、

「女たちに何もしないと約束しろ。そして、ずっとそれを守れるな？」

「お、おお。勿論だ」

「では。それで手を打とう。おまえの一部を貰っていく」

「え？」

親分は両肩を押さえ、それから両足を閉じた。干からびた左手は、すぐに戻った。彼は背を向けた。

「親分」

ホステスと現存する子分たちが駆け寄ったのは、木乃伊が店を出てすぐである。

「大丈夫ですか？」

ガードの問いに、親分は両手を打ち、両足を叩いて、

「——無事だな」

と呻いた。

「でも、一部って……」

身を投げ出したホステスが彼の全身を眺め、あっ⁉と叫んだ。その眼は股間に注がれていた。

常々彼が自慢していた男の膨(ふく)らみは失われていた。

「うおっ⁉」

愕然(がくぜん)と両手でそこを押さえ、親分は天を仰いだ。

「あの野郎——この一部を⁉」

ズボンの下で、男の象徴は失踪していたのだった。

第六章　終わりなき争奪

1

翌日の昼すぎ、ドクター・メフィストは梶原〈区長〉の訪問を受けた。

〈院長室〉の青い光の中で、

「何度来ても、ここは医師の部屋とは思えん」

しみじみと告げる〈区長〉に、

「では、何だとお思いかな」

と〈魔界医師〉は尋(たず)ねた。

「死者の国」

「かもしれませんな」

〈区長〉は深く息を吐いた。死者と同じ空気を吸い込まないためかもしれない。

「それで――用件だが」

うなずくメフィストへ、

「ご存じだろうが、ここ数日――〈新宿〉のエネルギー指数が五〇を超えている。異常事態だ」

「仰(おっしゃ)るとおり」

「悪霊死霊(あくりょうしりょう)の跳梁(ちょうりょう)は眼を剝(む)くばかりだし、小規模な地震は、一日三〇回を超す。うち一〇回は〈小魔震(スモール・デビル・クエイク)〉認定を受けているのだ」

「そのようですな」

「〈区役所〉が何を怖(おそ)れているか、私が今日こちらへお邪魔した理由(わけ)も、これでわかっていただけよう。〈区〉の地震課は、ここ一週間のあいだに、〈魔震〉が再度発生するとの結論に達したのだ」

「私もです」

「この原因をどうお考えか?」

「〈魔界都市〉でさえ、吸収しきれないエネルギーが放出されているせいでしょう」

「その放出源は?」

「二人の男性です」

「抹殺(まっさつ)できるかね?」

普段の彼とは思えぬ要求を梶原はした。

「やらねばなりますまいが、確約は致しかねる」

「ドクター・メフィストの手によってもか？」

「無限に供給されるエネルギーをどうやって消滅させられるか――方法はひとつある。それも無限の消費です。しかし、それを実行するのは、目下不可能です」

「時間をかければ、或いは、と？」

「それは、我々の時代の解答ではありますまい」

「しかし、そうしない限り、〈新宿〉は崩壊する。のみならず、エネルギーは〈区外〉を、やがては全世界を呑み込むだろう」

「宇宙という言葉をお忘れのようだ」

「使うのが少々怖くてな」

梶原は溜息をついた。顔がやや青い。

「打てる手は打ちましょう」

このひとことで、〈区長〉の顔に生気が戻った。

「木乃伊が何処にいるかご存じか？」

と梶原が訊いた。

「いや、これに関しては、私より適任な人物がおります」

「秋せつら――彼は木乃伊の居場所を把握しているのかね？」

「さて。しかし、彼がこの件に絡んでいる限り、信頼するしかありません」

梶原はソファの背に体重を移した。

「実はここ数日、〈区外〉からの来訪者――観光客だが、その数が急速に減少しているのだ」

「それはそれは」

無関心――ではなく無関係そのものの返事であった。

「もうひとつ――〈区〉からの転出者が――こちらは増えている。まだ一〇人単位だが、毎日ともなれば、ひとつの現象だ」

「沈没船からは、事前に鼠が脱出するそうですな」

「分かるのか、〈区民〉には」

「さて」

白い医師は、ふと天井を仰いだ。〈病院〉のホールが映し出されている。今、そこから、ひとりの女が入って来るところだった。患者でないのは誰にでもわかる。空中の画面は、受付の女係員に変わった。

「〈院長〉にお会いしたいと、女性が見えております。アメリカＣＩＡの特務機関所属ベル・スワン中尉と名乗ってらっしゃいます」

梶原が腕組みをして、

「とうとうＣＩＡも動き出したか」

「前からですな」

「――木乃伊を獲得するためか？」

「左様」

「しかし、こうなっては、何処へ拉致しても同じだぞ。増大するエネルギーを何とかしなければ、世界は破滅する」

「〈院長室〉へお通ししたまえ」

緊張の眼差しになる梶原へ、

「永久機関対策に、ＣＩＡの力を借りるのも手かもしれませんぞ」

「しかし」

「お帰りになるか？」

「いや、ＣＩＡには好感を持っておる。私は人知れぬ秘密組織マニアなのだ」

「結構」

メフィストの返事には、いかなる感情も含まれていなかった。

青い光の中に、生々しい腰のくびれと、そこから絞り出されたような胸と尻とが出現した。焦茶のスーツが却って艶めかしい。

少しの間、呆けたように室内を見廻し、川ともいえぬ狭い水源にかかった短い橋を渡って、メフィストと梶原の前に立った。顔の焼痕がまだ生々しい。

「初めまして、ドクター・メフィストと――梶原〈区長〉」

「用件を伺おう」

単刀直入すぎるメフィストの言葉であった。

「あなたとつるんでいたＧＩＧＮ(ジェイジェン)は〈中央公園〉で壊滅したわ。ロシアのスペツナズも同じ」

にやりと笑って、

「うちのも同じだけれどね」

「帰ってそう報告したらどうだ？」

「自分はデスクにふんぞり返ってる局長どもに、恥をさらしに戻れって？　真っ平(まっぴら)よ」

吐き捨てて、メフィストを見たが、その静かな美貌(びぼう)に恍惚(こうこつ)と眼を閉じて、

「自分は永久機関を手に入れて、不老不死の生命を得ることにしました」

と言った。

顔中を歪(ゆが)めたのは梶原で、メフィストは無表情に、

「機関は二人の体内にある。どう奪い取るつもりだ？」

「あなたの手で」

愕然(がくぜん)としたのは梶原だ。

「そ、それでどうするつもりだ？　永久機関は――」

「周囲に影響を及ぼす――途方もない悪影響を」

スワン中尉は平然と言った。

「取り出しても何にもならないわよね。でも、打つ手があるの」

「ほう」

とメフィストが中尉を見つめた。

「教えてもらえるか？」

「今はＮＯよ。あなたが力を貸してくれたら教えてあげる」

「断わる」

メフィストはにべもなく言った。

「――と言いたいが、引き受けよう」

梶原が眼を剥いた。

「ありがと」

中尉は微笑(ほほえ)んだだけである。何をやってもこの美しい医師を籠絡(ろうらく)するのは不可能と、心得ているの

だ。

「しかし、ドクター、それでは」

「嘘はついていない」

　メフィストの視線の先で、美女はうなずいた。

「そんなことをしたら、どうなるか、誰よりも承知よ。ね、ドクター、木乃伊を捕らえるのに、私も同行させていただけない？」

「ならぬ」

「えっ？」

「勝手について来るなら邪魔はせん。ただし、邪魔と判断したら――」

「わかってるわ、そんな眼で見ないで。血まで凍りつくわ」

　メフィストは立ち尽くす梶原の方を向いた。

「力を貸していただけますかな？」

　歓喜が梶原を包んだ。やっと出番が廻って来た。何てったって、自分はここの〈区長〉なのだ。〈魔界都市〝新宿〟〉の。

「勿論だ。〈区役所〉の総力を挙げて力をお貸ししよう」

「ひとつだけ」

「おお」

「この件に関しては何もせずにお願いする」

「は？」

「すべては、なかったこととして、業務に励んでいただきたい。よろしいか？」

　異議は腐るほどあった。しかし、ドクター・メフィストに見られている。それだけで〈区長〉は何も言えなくなった。

ただ、うなずいて見せた。

「結構」

　とメフィストは言って、女軍人に、

「ここは少し待つ手だ。彼らは多分、やって来る」

と告げた。

「なら、それで決着はつくわね」

　中尉は安堵のこもる言葉を返した。

「お前の考えている形ではつかん」

「え？」

再び空中に〈病院〉のロビーが映じた。

入って来たばかりの患者が、足を引きずりながら、受付へ赴き、何か伝えると、画面は先ほどの女性の顔に変わった。

「自分が何かに変わりつつあるそうです。それも、とても危険な」

「彼を医療用防壁で包む。後は介護師と警備員に任せたまえ」

返事が来る前に、画面は受付の男を捉えた。台にかけた両手で身体を支えている。全身が急にかすんだ。

受付の台が塵と化した。

「超振動よ」

中尉が呻いた。

「建物全体に来てる。このままだと――」

男の足下の床が抜けた。

「病院が塵になるわ」

「〈新宿〉全体がな」

「えーっ⁉」

結果は、しかし、梶原の予想どおりにはならなかった。

警備員が来る前に、天井の何処かから黄金の光が男に集中し、男は呆気なく、自らが空けた穴に吸い込まれた。

「『振動』は停止した。〈変身用病棟〉へ収容したまえ」

命じ終えると画面は消えた。

「ドクター――今のは？」

「永久機関の影響が出はじめた」

「危険だぞ、これは――」

「あのレベルなら打つ手は幾らもある。しかし――」

「しかし――もっと凄くなるのかね？」

メフィストがうなずいた。

「反対勢力の造り出すものが」

白(しら)んできた夜空を見上げて、

「そろそろ飽(あ)きないかな」

とせつらはつぶやいた。

声の目標は五メートルほど先をぶらついている木乃伊である。

さっきのホステス救助の一件以来、彼は路地裏で恐喝犯をぶちのめし、酔っ払いの懐(ふところ)から財布を抜こうとするチンピラを張り倒し、空中から観光客に襲いかかろうとする妖物(ようぶつ)を蹴(け)りとばした上、霧状憑依(ひょうい)体まで焼き殺したはいいが、近くの店まで飛び火させてしまい、当人もまずいと気づいたのか、あわてて逃げ出したところであった。

今は、〈高田馬場駅〉近くの路地だが、また何をやらかすかわからない。きょろきょろしているところを見ると、まだ因縁(いんねん)をつける相手を探しているのだろう。

「味をしめた」

そろそろ潮(しお)どきと、近づいたとき、大量の悲鳴が右方から聞こえた。

石に建つマンションだ。〈新宿〉のマンションには、街の性格上、ある音量を越えると、SOS代わりに十数倍の絶叫と化して外へ放出される造りのものがある。

それだ。しかし、この数の多さは――全室か。

これは面白いと手を打って走り出そうとした木乃伊とせつらの眼の前で、十数階の建物は、突如(とつじょ)、しんと静まりかえったではないか。

一瞬立ち止まった木乃伊も、しかし、すぐに走り出した。

マンションのドアを触(ふ)れただけで押し倒し、飛び込んだホールに人影はなかった――いや、ある。

ソファや床の上に、服が乱雑に置いてある。いや、木乃伊は恐れるふうもなく近づき、服の裾(すそ)からはみ出た白いものをつまんで持ち上げた。

「人の皮だ」

とつぶやいて、軽くふる。

上衣(うわぎ)もズボンもシャツも床に落ちた。そこから脱(ぬ)け出たものは、確かに生白い人間の皮であった。

しげしげと眺めて、

「髪の毛も爪もない。吸い出されたか」

ふむふむと言いながらエレベーターの方へ行こうとするのへ、

「そこまで」

とせつらが声をかけた。

木乃伊は足を止め、ふり向いた。

「邪魔をするな」

「これ以上、何処へ行っても無駄。どの部屋もやられてる。バスやトイレの中も同じ」

せつらの〝探り糸〟であるが、木乃伊は、

「何故(なぜ)わかる?」

「ここは〈新宿〉」

驚くべきことに納得したらしく、干からびた顔がうなずいた。

不意に建物が揺れた。亀裂が壁と天井を走る。

「出るよ」

せつらの誘いに木乃伊はうなずき、戸口へと歩き出した。

その身体が、ふわりと宙に浮いた。

鉄の骨組みを失ったマンションが呆気なく崩れ去るのを、二人は二〇メートルも離れた別のビルの屋上から見届けた。

2

せつらは携帯で「新宿グランドール」のセルジャニを呼び出し、〈旧区役所通り〉の〈大久保〉寄りに建つカプセル・ホテル前で邂逅(かいこう)した。

ベンツで乗りつけたセルジャニは、ミイラの前に立つなり、

「ラビア様」

　こう叫んで絶句した。

「また、お目にかかれるとは」

　眼尻から止めどなく涙がこぼれた。

「何故か、この世に舞い戻ったわ。おまえも無事で何よりだ」

「私は……私は……あなた様を守りきれませんでした」

「よい。やるだけのことをした以上、それから後は天命だ。ここで会った以上、また助けてくれるな？」

「それは――命と――魂（たましい）に替えまして」

「では――匿（かくま）ってもらいたい」

「お乗りくださいませ」

　木乃伊――ラビアを先に、続いて自分が乗ると、外のせつらに眼をやって、

「すまないが、助手席だ」

「ここで」

「そうか――報酬は後（のち）ほど振り込もう」

　奥の席から、ラビアが身を乗り出して、

「感謝するぞ」

　と右手を差し延べた。

　軽く握手を交わし、ベンツが走り出したのを見届けて、せつらは通りを下りはじめた。仕事の片づいた、それだけの姿だった。


〈メフィスト病院〉の門前に差しかかったとき、白い影が行く手を塞（ふさ）いだ。

「早朝往診かな？」

「話がある」

　とメフィストは言った。

「よくわかったな」

「君の糸ほどではないが、当院から半径二〇〇メートルは、私の領土と思ってもらいたい」

「それはそれは」

「おかしなものを見なかったか？」

「皮だけの人間」

のんびり答えると、メフィストの眼が光を帯びた。妖光だ。

「寄って行きたまえ」

「悪いが眠い」

「クリーム・ソーダの逸品があるぞ」

「お邪魔」


数分後、〈院長室〉である。

　メフィストが語ったのは、病院を襲った患者の変身と奇禍であった。

「君の言った〈高田馬場駅〉近くのマンションも、そのひとつだ」

「永久機関？」

　せつらは鳩尾のあたりを指さした。

「間違いない」

「どうして僕たちが？」

「君の場合は、敵の狙いはラビア王子の木乃伊だ。マンションの下敷きにするつもりだったと思しい」

「じゃあ、皮だけ残しは？」

「狙ったものの本意ではあるまい。力の加減ができなかったのだ」

「やば」

「何故そんな事態が生じるか、わかるだろうな？」

　せつらはうなずき、言いたくなさそうに、

「永久機関に対する〈新宿〉の攻撃だね」

「正しく」

「何とかできる？」

　沈黙が返って来た。

「むむむ」

〈新宿〉そのものと謳われる二人が唸り、沈黙した。彼らの眼に映っているのは死闘だった。

「手はひとつ」

　とせつらが言った。

「…………」

「二人を抹殺する」

　その片方は、さっきせつらと握手を交わして別れたばかりではないか。

　メフィストの唇が、しかし、と動いた。

「それは無理」

　と引き取ったのは、せつらであった。

「どんな兵器でも妖物でも呪いでも、永久機関のエネルギーには敵わない。ポイントはひとつきり。あの二人が永久機関をコントロールできるか、だ。ご意見は？」

「不明だ」

　こんなにきっぱりした返事を期待していなかったのか、せつらは少し眼を開いて、

「困った」

　と言った。

「相談してこよう。話せばわかる相手だ」

「死んでくれと言って、ＯＫすると思うかね？」

「そこは説得の仕方次第では」

「ふむ」

　メフィストは眼を閉じた。


　その脳がどんな計算を成し遂げ、どんな答えを出すのか考えて、せつらはあーあと洩らした。


〈メフィスト病院〉から戻って〈区長室〉のドアを開けた。梶原は、デスクにかけている美女を見て、

「ほお」

　とつぶやいた。

「お話があって来ましたの、ミスター梶原」

　目的が丸わかりの艶然たる表情と濡れた瞳の下で、ベル・スワン中尉は厚めの唇を舐めた。

　尻から貫くと、中尉は梶原が驚くほどの高い声を上げた。〈区長室〉の床の上であった。

　この階に留まっている職員はいない。梶原は突きはじめた。すぐに呻いた。

「なんて――具合がいいあそこだ。この尻も凄い。おお、もうイッてしまう」

「ＮＯ！　駄目よ。もっと頑張って。こんなに早く

果てたら――殺すわよ」

恫喝しながら中尉が腰を使った。

梶原は豊かな尻を押さえようとしたが、手は弾かれた。

「お尻でイッて」

と女軍人は叫んだ。

「お尻でイッて。あたしの大きなお尻でイッて」

「よ、よし」

白い尻に黒子が点々と散っている。梶原はそのひとつをつまんでひねった。

「あーウ」

中尉はのけぞった。

「いいわ、いい。もっとつねって。爪で――爪で毟り取って」

「どうだ、これでどうだ?」

「凄い。信じられない。あなたはどう?」

「おお、こんないい尻は初めてだ。出したら、わしの魂まで吸い取られてしまう」

「そうしてあげる」

汗みどろの顔が、陰のある笑いを浮かべたことを、梶原は知らない。

腰から欲望が突き上げて来た。

「イクぞ、今すぐ――イクーっ」

凄まじい放出感が、梶原を震わせた。欲望が吸い込まれ――同時に何か別のものが女の体内から流れ込んで来る。

先に倒れたのは、梶原であった。

尻を突き上げたまま、中尉は梶原の方を向き直って、

「あなたを頂いたわ、〈区長〉さん」

とささやいた。

梶原はぼんやりとのしかかってくる女体を見上げている。虚ろな眼は精の放出によるだけのものではなかった。

荒い息をつく老人の隣に横たわり、中尉はその乳首を舐め、

「お、おお」

「また欲しい？　あたしのお尻」

　うなずいたが、声は出ない。

「なら、言うことを聞くわね？」

「……おお」

　その眼蓋を舐めてから、中尉は彼の耳たぶを噛み、妖しい意志を熱い息とともに吹き込んでいった。

「まず、〈区長〉命令で、ドクター・メフィストの
——」

　メフィストからの早朝電話に、せつらは、

「へえ」

と応じた。

　テレビを点けた。

　いきなり、緊急ニュース速報と出た。ドローンのカメラが、上空から〈メフィスト病院〉の敷地を映し出している。

「お巡りさん」

と、せつらはつぶやいた。

　言い得て妙、白い病院の建物を囲む塀の外側は、〈機動警官隊〉が二重に取り囲んでいた。警官ばかりか、装甲車と戦車、戦闘用アンドロイドも睨みを利かせている。

　家電の受話器に向かって、

「何に狙われている？」

「知らんな」

「警官は？」

「〈区長〉からの命令だそうだ」

「当人は？」

　茫洋とした口調が、少し乱れている。面白がっている。

「アメリカと中国への歴訪が決まっていたと、秘書が応じている」

「ホントに？」

「大統領も国家主席も否定している」

「〈魔界医師〉にホラを吹いたか。どうする?」

「私を外出させたくないらしい。気持ちを汲むこと
にしよう」

「今日、一度行くよ」

「無用だ」

「いや、面白そうだ。それに、アンドロイドの最新
型が見たい」

「好きにしたまえ。患者は来る」

　画面からして、治療は行なわれているらしい。これを拒否したら、〈区役所〉も〈新宿警察〉も明日の運命はわからない。

　電話を切ってから、せつらは私用のドローンをONにした。上空三〇〇メートルから、二四時間監視を続ける個人用静止衛星ともいうべきメカニズムは、せつらの命ずるままに、店と家の周囲を取り囲む警官隊を映し出していた。

「わ、戦車隊も爆撃機もありだ」

〈メフィスト病院〉には及ばないが、それなりの人数と装備が取り囲んでいる。爆撃機と言ったのは、屋根の上一〇メートルばかりを飛び廻るミサイル搭載ドローン、戦車は言うまでもあるまい。前の道路も封鎖されていて、人通りはない。

「朝から何事だ」

　着替えて出ると、気づいた隊員が一斉に敬礼した。

　せつらも真似してから、

「〈区長〉?」

と訊いた。

　そこへ、隊長と思しい筋肉ムキムキの中年警官がやって来て、

「〈新宿警察〉機動部隊の大泉です」

と名乗った。

「はあ」

「これから三日間、こちらをガードしろと、〈区長〉から連絡がありました」

「えー?」

「ご迷惑をかけると思いますが、外出の際は隊員が同行させていただきます」

「はあ」

呆然と自分を見つめる美貌に、恍惚となりながらも、大泉はかろうじて任務モードに戻って、

「いつもどおり、安心してお暮らしください」

と言った。

せつらはつぶやいた。

「いつもどおりに過ごしていいわけか」

「仕事はまだ終わっていない。じゃあ、お言葉に甘えよう」

数分後、〈秋人捜しセンター〉を出たせつらは、装甲車に乗せられた。男女の私服がついた。男は三〇代だが、女は二〇代はじめ――なかなかの美女だ。頭上にもドローンが二機舞っている。

「どちらへ?」

「〈歌舞伎町〉」

走り心地はなかなか快適であった。

せつらは車内を見廻し、

「へえ」

と感嘆の声を放った。

「これさ、ミサイルを射ち込まれたら、どうなるの?」

「3Dレーダーが空中で捕捉、対空ミサイルか、ドローンが撃墜いたします」

答える私服の顔は赤い。せつらと肩が触れただけで、びくっとする。

女性刑事が溜息をついた。

「鬼の金剛刑事がねえ。笑いとばしてやりたいけど、とってもできないわ」

〈新宿駅〉西口まで来ると、せつらが、

「目的地変更」

と言った。

「何処へ行くんです?」

女性刑事が訊いた。キツい口調のつもりが、だら

しなく溶けている。名字は「都（みやこ）」という。

「謎解きがしたい。〈区役所〉へ」

一瞬、刑事たちは顔を見合わせた。せつらの意見はもっともだし、最適の選択でもあるが、彼らには禁じられた行為であった。

その間に、するりとせつらの顔が入った。

あ⁉　とそっぽを向く間も与えず、

「お願い」

男女の顔を交互に見た。

都刑事が溜息をついた。虚ろな眼であった。

金剛刑事が運転席に通じるマイクを取って、

「目的地変更――〈区役所〉」

と告げた。

3

梶原〈区長〉が留守だと知って、せつらはすぐ、〈区役所〉を出た。

建物中に妖糸をとばして、いないのは確かめたが
――

「何てことをするんだ、おい？」

ついてくる金剛刑事が、顔を粟（あわ）だてて呻き、

「警備員の手足をばらばらにするなんて、人のやることじゃないわ」

と都刑事が、寝言のように言った。

せつらがやって来たら確保するよう命じられていた警備員は、ことごとく両腕を断たれ、片足も失っていたのである。しかも、目撃者の全員が戦慄（せんりつ）したがごとく、一滴の血も流れず、廊下はつるつるに光っていたのである。

「これからどうする？」

金剛刑事が訊いた。逮捕するなどと言ったら、警備員の二の舞なのはわかっている。

「『大年増（おおどしま）』」

「え？」

「〈新大久保〉のバー。二四時間営業」

「どうして？」

「呑みに行くつもり？」

　都刑事の問いには、

「下戸」

　と返って来た。

「じゃあ、どうして？」

「梶原の行きつけ」

　やっと二人は納得し、せつらがそれを知っていることに舌を巻いた。

　このとき、「大年増」は開店以来の注目を浴びていた。

　まず、昨夜から呑み続けの客がいたのである。露出部分には白い包帯状のものが巻かれ、どう見ても木乃伊だ。

　それが昨夜の午前零時に訪れて以来、浴びるように呑み続け、しかも酔ったふうがない。枯れ地に水が吸い込まれるというが、正にそれだ。

　バーテンもママも呆れたが、木乃伊のくせに、これは悪人ではないという確信が働いた。

　しかも、前もってカウンターには、紋章がついた黄金の延板が置かれたのである。店の奥のパソコンで調べると、インドにあった古代王朝の宝物の一部だとわかった。この店が土地ごと十軒は買える。

　それに、呑み続けているだけだから文句も言えないし、その実力も、延板を見た暴力団ふうの客がカランで来たとき、ひとさし指の鼻ピン一発で失神させたことから明らかだ。

　いい客だ、とママとバーテンは判断し、それから好きにさせている。

　事態が一変したのは、五分ほど前、午前一〇時過ぎであった。

　アーミールックの若いのが六人やって来て、テーブル席につくなり、

「何か魚臭えなあ」

　と言い出したのである。

「干物の臭(にお)いじゃねえか」

ともうひとりが言って、木乃伊に近づき、ライターの火を鼻先につきつけた。

「よく燃えそうだな、え？」

火がどこまで近づいたのか、バーテンもママも見届けていない。

だが、軽い腕のひとふりで、そいつはもとの席へと吹っとび、他の五人が立ち上がったところへ、

「よしなよ」

バーテンとママが、H(ヘッケラー)＆K(コック)のMP5とモスバーグの旧式ショットガンを突きつけた。

男たちは両手を上げて、にやりと笑った。

木乃伊と味方の二人が倒れたのは、この直後であった。他に客はいない。

失神した仲間の手のライター式ガス発射器を取り上げ、リーダーらしい男がニヤリと笑った。催眠ガスを無効とする薬は店に入る前に摂取済みである。

「意外と簡単だったな」

一人が驕(おご)りきった眼差しを木乃伊に当てた。

「我々のドローンが追尾していたとは気がつかなかったようだな」

「さっさと運べ。木乃伊の謎は多い。いつ気がつくかわからんぞ」

四人がかかった。

すぐに、

「駄目だ、上がらん」

「筋力増幅剤を服(の)み忘れたか？」

リーダーが吐き捨てた。

「どけ、おれがやる」

彼は筋力増幅剤の他に、骨格型のパワーローダーを着込んでいた。

一〇〇トン超を持ち上げるモーター音がかすかに店内を渡った。

数秒で止まった。

「何だ、こいつは？　ビクともしないぞ、まるで岩山だ」

「どうします？」

「やむを得ん。大型貨物運搬用のドローンを三機用意しろ」

「この店ごと運び出しますか？」

「そんなことをしたら、〈区〉の戦闘用ドローンに射ち落とされるばかりだ。店は破壊する」

一〇分とたたないうちに、上空に機体が現われた。

「全員、外へ出ろ。爆破する」

ママたちは置き去りと決まっているらしく、心配する者もない。

男たちは戸口へと向かい――ぎゃっと悲鳴が上がった。

ドアの外へ出たひとりが、胸から両断されて、地上に転がったのである。

全員が動きを止め、リーダーが前へ出て眼を凝らした。

「糸らしいものが一本渡されているが――よく見えん。誰の仕業だ？」

「僕だ」

空中から、のんびりした声と世にも美しい人影が逆さまに下りて来て、半回転――黒いコートの若者になった。

「貴様――秋せつら⁉」

「そ。そちらは？」

「………」

「ま、隠密部隊じゃ名乗れない。つまり、死んだら、それっきり。死して屍拾う者なし」

そう言った身体が右へと流れ、彼のいた地点で火球が膨張した。上空に待機中のドローンからのミサイルであった。男たちが跳躍して炎と爆風から逃れる。

「攻撃は中止しろ！」

リーダーの声は、喉元のピン・マイクから上空のドローンに伝わった。コントロールは、基地から彼の手に移っていたのである。

だが、今度は店の裏手に命中した。

「近づくな、他の人は貰って行く」

　何処からともなく聞こえる声が、そう告げるなり、木乃伊と従業員たちは垂直に天井へと舞い上がった。

　天井の一部は大きく切り抜かれており、そこから消えると、

「んじゃ」

　三発目のミサイルは、店の真ん中に落下した。

　店は燃え上がり、右と前の店から、

「火事だ」

「消火しろ」

　と叫びが上がった。

「弁償は後で。負傷者は――ほらサイレンが」

　何処かでそんな声がすると、〈駅〉へ続く通りの端に、ふわりと秋せつらの姿が形成された。

　燃える店を見て、

「お詫びは後で」

　とつぶやき、地を蹴った。その姿も、他の救出者たちも何処へ行ったかはわからない。


〈大久保〉三丁目の豪華マンションは、昼近くに奇妙な訪問者を迎え入れた。

　まず来訪の仕方が変わっている。

　黒づくめの若者と大男が、玄関前に着地――天から降って来たのである。

　待ちかねていたように玄関から数個の影がとび出し、大男――木乃伊に駆け寄って、マンション内に運び込んだ。

　この前よりずっと楽に運べたのは、黒づくめの若者の操る糸による。

　彼の前に来たインド系の男が、うっとりと、

「ついに、ラビア様ばかりか、ソドムまで――感謝しますぞ、ミスター秋。特別料金をふんぱつさせてもらいます」

　呻くように言ったのは、「新宿グランドール」の

主人にして、このマンションのオーナー、バスズ・セルジャニであった。

すでに事情は話してある。

せつらは、

「お話が」

と言った。

大男――ソドムには、初対面のときに妖糸を巻きつけておいた。奪還はたやすいことだったのだ。彼はソドムを狙う敵の確認をしたかったのである。各国の諜報機関の主力は〈中央公園〉で壊滅した。残存部隊の有無は不明だが、現時点では再結成の様子もないと思えた。ソドムを放置しておいたのは、念のためである。後はバスズに任せておいて大過なかろう。

だが――

立ち話で、せつらは永久機関の今後とおぞましい未来の破壊図を語った。セルジャニは奥で話そうと切り出すこともできなかった。

「それは永久機関が夢のまた夢だった段階からついて廻る問題だと言われておりました」

彼はようよう言った。

「ですが――暴走までは。正直、自家調整が行なわれるのではないかと高をくくっておりましたが」

「開発者も？」

「正直――考えるのが怖かったのでしょう。エネルギーは二人の生命を保持するために使用されるはずでした」

「どうするつもり？」

「今のところ不明です」

「その先は？」

「…………」

「〈新宿〉は動きはじめている。どんな形を取るかしれないけど、必ず彼らを始末にやって来る。早くここを出ることです。出ても世界は破滅するけれど」

セルジャニの全身は痙攣した。肉も骨も崩れ落ちてもおかしくない凄まじさであった。

「では」

　こう言って、せつらは背を向けた。


「君なりに考えたわけだな」

　と白い医師は、軽い笑みを口元に浮かべた。デスクの向こうのせつらを見つめた。〈院長室〉ではない。診療室である。せつらの用件は、胃痛だったからだ。

「薬は院内の薬局で貰いたまえ。しかし、原因の解決にはならんな」

「やっぱり駄目か」

　全面的な否定を食っても、せつらの茫洋さは変わらない。

「〈区外〉へ出ても解答にはならない。だったらどうする？　この病院も危ないぞ」

「そのとおりだ。ふむ」

　悩んではいるのだろうが、こちらも美貌の神々しさは変わらない。

「そういうだろうと思って——解決者を連れて来た」

「ほう」

　メフィストの応答には驚きがあった。せつらがひとりでやって来たのは確認済みである。

せつらはドアの方を向いて、両手を叩いた。

「お入りください」

　入って来たしなやかな影は、艶然とメフィストに微笑みかけた。

「これはこれは——さすがに想像もつかなかったぞ、魔女医シビウ」

　それからせつらへ、

「どうやって連絡を？」

「昔、一度だけ会ったことがある」

　とせつらは言った。

「そのとき、住所を交換した」

「…………」

「あたしから申し込んだのよ、メフィスト」

かつて白い医師をさえ震撼させた美しい魔女医は、静かに彼の誤解を解いた。

「それきり一度も会ったことはないわ。連絡もね」

「今回は僕から」

せつらが、しらっと片手を上げた。

「いつの話だね？」

「さっき、この病院へ来る前に」

「永久機関の話は、世界中の魔道関係者の話題になっているわ。存在してはならない者が姿を現わし、血の汗と涙を流しても、その稼動者を取り鎮めようとしているのよ」

「なら、結論も出たろう」

「不可能」

「そのとおりだ。しかし、君は来た」

「私ひとりじゃ無理だわ。でも、ドクター・メフィストと一緒なら——或いは」

「君は知恵者だな、秋くん」

「褒めるなよ」

「だが、これは世界の死を早めるだけかもしれん。正直に言うと、世界中の関係者から、君と同じ行動を取れと、要請は来ているのだ」

「無駄だと思う？」

シビウが艶然と訊いた。

「結論は意外と簡単に出たわよ、メフィスト。二体の木乃伊を眠らせ、体内から永久機関を取り出すの。それで機関は停止するわ」

「君なら外せるか、シビウ？」

「やれるやれる」

と無責任に手を叩いたのはせつらだ。

「メフィストはいまだに死者を甦らせることはできないが、あなたはやってのけた」

「あれは数日限りの生命だった。人生の最後まで送らせてこそ〝生命〟だ」

メフィストが口を入れた。

シビウは無視して、

「永久機関は木乃伊の身体を使った防御システムも造り出しているに違いないわ。ここはどうしても二人の協力が必要よ」

「そうだそうだ」

これが効いたかどうか。メフィストはさして考えもせず、

「よかろう」

と言った。

第七章　永久（エターナル）vs.〈新宿〉

1

「えらいえらい」

　せつらの拍手には耳も貸さず、

「今回の件が明らかになってすぐ、私なりの手は打った。君のを見せていただこう」

「喜んで」

　シビウの返事を聞くと、せつらは音もなくドアへと進んだ。

「じゃあこれで」

「気をつけて行きたまえ」

　とメフィストが言った。

「〈新宿〉の本質はすでに動きはじめている。何が起きるか想像がつかない」

「何とかなるさ。では」


　せつらは〈病院〉を出ず、地下のレストランへ向かった。

　医療技術同様、豊富なメニューはどれも美味(びみ)だと評判のレストランである。近くの会社やレストランからもやって来る客で、いつも混んでいる割に、席も容易に取れるし、メニューもすぐ運ばれて来る。和洋中——どれにも一流の料理人たちが腕をふるっているらしい。

　シャリアピン・ステーキ二〇〇〇円、特上寿司一五〇〇円、Aランチ三〇〇円、チャーシューメン三五円、餃子(ギョーザ)ライス五〇円——昭和初期かと思わせるとんでもない値段の中から、せつらは一〇円のかけうどんを選んだ。

　周囲で恍惚(こうこつ)と、メニュー選びからオーダー・ロボットへの注文を見ていた女性客たちが、

「あたしもかけうどん」

「あたしも」

　とロボットに殺到する。

　麺(めん)の歯ごたえも抜群、だしの加減も最高——一流

料亭でもこの味は出せまいと思われる最安値の品を、ゆっくり味わっていると、周囲で意識を失う客たちが続出する。せつらの唇がうどんを吸い込む――嚙んで喉の奥へ流し込む――彼の食事は一種の性行為なのであった。

　コップの水を飲み干したとき、黒い影がせつらに近づいた。

　葬儀の場のような、黒いドレスに黒い帽子を被り、黒いベールで顔を隠した女であった。

「〈新宿〉を出なさい」

　とささやくように言った。

「どなた？」

「伝えました」

　女は背を向けて歩み去った。

　せつらは軽く首を傾げた。巻きつけた妖糸には反応がなかった。物理的ではないのだった。

　遠巻きにした、今度は不安げな人々の視線を受けながら、

「〈新宿〉の使いか？」

　と秋せつらはつぶやいた。

　そのとき――床が揺れた。

　悲鳴が上がったのは当然だが、行動は二つに分かれた。床に伏せ、テーブルの下に潜り込んだのは〈区民〉で、立ったままオロオロしているのは観光客である。

　アナウンスが流れた。女の声である。

「只今、地震発生。M　5・5。当院は一切被害が発生しない処置がなされています。ご安心ください」

　きっぱりとした、そのくせ何処か寄り添うようなアナウンスは、たちまち騒乱状態の人々を正常に戻した。

　最も被害が多かった地点は〈大久保〉のマンションであった。

　発生後一秒と持たずに倒壊し、その上に誰の眼に

も見える悪霊妖霊、飢えた妖物、餓獣が襲いかかったのである。

そして、瞬時に消滅した。

マンションの前の通りを歩いていた〈区民〉でさえ、逃げるのも忘れて呆気に取られたほどの唐突ぶりであった。

この辺になると〈区民〉は〈区民の理性〉を取り戻し、マンションの瓦礫を取り囲んで、ワイワイ唱えはじめた。

後にこのマンションは〈歌舞伎町〉に六店舗を有するキャバレー王の所有物件と知れたが、当時ここに居住していたはずの二人――どちらも木乃伊に見えた――は影も形もなかったのである。

通行人のひとり――白髪だらけの老人は、

「〈魔震〉の攻撃を無と変えたが――住人は何処へ行った？　早く押さえないと〈新宿〉も――」

そして、ひとりだけ、それが可能な人物がいた。

その人物は、もうひとりのキーマンを伴って、一時間ほど後、瓦礫の山を訪れた。

立ち入り禁止テープも〈警官〉たちも、ノーチェックで通した。

二人はマンションの西側の一角に立つと、片方――中年男がポケットの中で、開閉装置のスイッチを入れた。

瓦礫の一部が、下方へ吸い込まれ、そこに縦横一メートルほどの出入口が生じた。

中年男が先に入り、もうひとり――天与の美貌の主が続いた。

地下は水爆の直撃を受けてもこたえないベトンと化していた。

その床の上に、二人は膝をついて何やら唱える木乃伊――ソドムを見たのである。

その悲痛な姿に声もかけられずにいる男に、秋せつらが小さく、

「何と言っている？」

「〝シヴァの神よ、お願いでございます。ラビア様

の行方をお教えくださいませ〟」

「チャント？」

「そうだ」

「さて、王子は何処に？」

ラビア王子に巻いておいた妖糸からの反応はすでにない。マンションが瓦礫と化してすぐ、だ。

男――セルジャニがミイラの名を三度呼ぶと、祈りは熄んだ。集中しきっていたらしい。

「ラビア様はどうした？」

と訊くと、

「行ってしまわれた」

「――何処へ？」

「わからぬ」

セルジャニは鬼の顔になった。

「それで通ると思うか？　死んでもラビア様をひとりにはせぬと、誓ったはずだぞ」

「だが――邪魔をするなら、永久機関のエネルギーを解放すると言われては――」

セルジャニは沈黙し、それから、

「何があった？」

と訊いた。

「ここへ来る前から、ラビア様には不審な点があった。もう逃げるのはご免だというふうな、一種の居直りに見えた」

「ふむ」

セルジャニの眼に異様な光が満ちはじめた。

木乃伊は続けた。

「これは、ラビア様の成長とともに顕著になってきた問題点だった。おまえも知っておろう」

「確かに」

木乃伊は、ちらとかたわらのせつらに眼をやった。

「あ。聞いてない」

とそっぽを向いたが、

「もう遅い。おまえにも聞いてもらっておいたほうがよかろう。ラビア様は、おまえとこの街を散策した楽しさを語っていた。そのとき——おまえは何か気がつかなかったのか?」

「平凡な子供ならともかく、上に立つには危険な人物だ」

二人はうなずいた。

「それは父王様の悩みの種であった。ラビア様は天性のサディストだ、とな」

せつらは宙を仰いだ。

それは彼自身も看破していたことであった。

〈歌舞伎町〉を散策中、三つ首の毒蛇に襲われた。妖糸が首を刎ねると、ラビアは地に落ちたそれを、小さな足で踏みつぶした。

「無礼者めが。身の程を知るがいい」

その言葉は、今なおせつらの胸の中で揺曳しているのかもしれない。

続いて、少女の憑依霊が襲いかかって来たとき、彼は体内にそれが入り込むのを待ってから、口に手を入れて、少女を引きずり出した。

可憐な顔が苦痛で歪む。その顔へ、

「苦しめ、もっと苦しめ。それが余を乗っ取ろうとした報いだ」

せつらは首を傾げ、少女の顔をした憑依霊の頭部を切断した。そのとき、ラビアが咎めるような表情で彼をふり返った。咎める? いや、それは憎しみに狂った表情であった。

瞬時にそれは消えたが、せつらの胸にはそれもわだかまっていたかもしれない。

理非をわきまえぬ幼い暴君が途方もない力を得たらどうなるか。

泣いて苦しむレベルではないのだ。

あらゆるものが、そいつの気分で破滅の縁から果てしない闇の奈落へと落ちていく。

「食い止められるのは——」

せつらの口は自然に動いた。

「嫌だ」

と木乃伊は呻いた。せつらの言葉の意味を感じ取ったのである。

「おれにはできん。国王様から授けられた任務は、若君をお守りすることだ。他のことはできぬ」

　せつらは彼から眼を離し、部屋の奥の扉を見つめた。ラビアはそこを抜けて、〈新宿〉へと去ったのだ。その体内のメカが稼働したとき何が起きるか、〈魔界都市〉は想像できるのか。

　叫びが上がった。驚きを越えた絶望の叫びであった。

　せつらも見た。

　木乃伊は立てた両膝を抱きしめて身を丸めていた。その色と艶とを見て、せつらは妖糸を飛ばした。

　一〇〇〇分の一ミクロン——チタンの指が伝えてくるものは、まぎれもない花崗岩の感触と成分であった。

　永久機関のひとつはこうして自らを封じた。

「何も言いません、秋さん——依頼があります」

「はあ」

　その内容は想像がついても、せつらの声と表情は永劫に変わらぬ茫洋としたものであった。

　その部屋を何と呼べばいいのかわからない。

雪で埋もれた部屋か？　いや、少なくとも雪は詰まっていない。白い。ただ白い。

　何処にあるとも広さもわからぬそこに、金色の形が伏せていた。

　髪の毛だ。

　その下に首すじがある。そして肩も背も膝も尻も太腿も何とか見て取れる。

　白一色の中に、これも劣らず白い女体が伏しているのであった。

　ふと髪の下の顔が右を向いた。

シビウである。

　メフィストさえ叶わなかった死者を甦らせた魔女医が全裸で横たわっているのだ。

妖しい光を放つ眼の中に、こちらも白い医師が立っていた。ドクター・メフィスト。

この状況から考えられる次の場面はひとつしかあるまい。

しかし、それはあり得ない。

あってはならぬことなのだ。

「覚悟は出来た？」

シビウの声は、笑いを含んでいた。それもとびきり邪悪な。

「常にな」

とメフィストは答えた。

足は膝の少し上で白の中に消えている。彼は雪を押しのけつつ、やって来たのだった。だが、歩みには少しの停滞もない。

立ち止まったのは、シビウの腰のあたりだった。

「あなたを知ったときから製作にかかったある装置が、この部屋の何処かにセットされているわ」

とシビウは言った。白の色に色が生じた。桜色の舌が朱い唇を舐めたのだ。

この女は、ドクター・メフィストを誘惑しているのか？

「あなたが女を抱くのはあり得ないことよ。けれど、それが事実になれば、世界は反転するわ。私の装置がそれをエネルギーに変えて、その究極——一種の熱量死を生み出す。たとえ永久機関をもってしても、そのエネルギーには耐えられないはずよ。指向性を持たせれば、敵は間違いなく破壊される」

「それは君の理屈だ」

と白い医師は言った。平原とも思える白一色の空間の中で、その声は氷を凌ぐ冷たさを行き渡らせた。

「でも、試す価値はあるわ。でないと世界は——おわかりよね？」

メフィストの返事を待たず、

「私たちがひとつになったときに生じるエネルギーが、どれほどのものか。いくらドクター・メフィス

トでもわかるはずはないわ。ことによったら、それこそが世界と宇宙を破滅させる原因になるかもしれなくてよ」

「そのときはそのとき——使い古された台詞だが」

糸のような麗眉が翳りを含んで揺れている。

〈魔界都市〉よ、何を考え何をしようとしているのだ。

「いらっしゃい」

とシビウが右手をのばした。

その指先はともに白く溶け、世界もそれ以上のことは望まぬようであった。

2

日はすでに蒼茫と暮れている。

ラビアは〈河田町〉の〈旧フジテレビ〉社屋にいた。ここを選んだのは、〈新大久保駅〉近くの書店で買い求めたガイドブックによる。

〈最高危険地帯〉というのも気に入った。

そうそうは人も入って来るまい。その間に〈新宿〉征服計画を立てる。

あの程度の地震ごときで、自分を抹殺しようなどとはおこがましいが、あの奇妙な揺れは確かにおかしな影響を与えていた。干からびた肌が微妙に痒い。

「〈新宿〉め、余の企てに気づいたか。だけど、手遅れだぞ」

ラビアがいるのは、三階にあるスタジオのひとつであった。

照明もない。廊下の薄明がなければ真の闇である。

ドアが開いた。

世にも美しい人影が入って来た。

「やあ、せつら」

彼は前を見たまま微笑した。せつらとともに〈歌舞伎町〉を見聞して歩いたときの、無垢な笑いではなかった。

「帰るつもりはない？」

　せつらは声をかけた。

「ない」

「じゃ」

　本当にせつらは背中を向けた。

「ちょっと」

　ラビアはあわてて、ふり向いた。

「それを訊くためにだけ、ここまで来たのか？」

「そう」

「捕まえようとかは？」

「全然」

「余には、おまえがわからない」

「ははは」

「本来なら、余を捕らえるか殺すかするはずだ。そのどちらでもないのか？」

「ないない」

　とドアを閉めかかる背中へ、

「待て、話がある」

　と声をかけた。

「何か？」

「余の護衛となれ」

「はあ？」

「今まではソドムがその役についていたが、あれは最後の最後で余と合わなくなった。おまえなら代わりが務まろう」

「その辺はどうも」

「余の力をもってすれば、世界はたやすくこの手に収められる。そのときはそれなりの礼を考えているがどうだ？」

「うーむ」

　と唸ってから、声をひそめて、

「幾ら？」

「世界の半分でどうか？」

「うーむ」

「不足か？」

少年木乃伊の眼が危険な光を帯びた。

　せつらは茫洋と、

「悪いが用心棒ならこの街に幾らもいる。君の話に感動する奴もいるだろう。――じゃ」

「待て」

「待て」

　後はせつらだ。

「おかしな奴らが来るよ」

「勘づかれたか?　しかし、どうやってここを?　そういえば、おまえもだ」

「僕は糸」

「?」

「だが、君は、多分、この街で何処へ行っても逃げられない」

「…………」

「手はあるよ」

「どんな?」

「一緒に来る」

「何処へだ?」

「一席設けるそうだ」

　せつらはラビアの側に近づくと、スタジオの奥を見つめた。

　闇の中に奇怪なものが立っていた。

　真四角な――立方体を組み合わせたような人形だ。頭部はひとつ、胴は二個、腰は前後二個ずつで、四肢は四個と六個――子供が遊ぶレゴで作った人間のようだ。黒光る全身は金属の塊だ。

「〈新宿〉の刺客だ」

　せつらの指摘にラビアはうなずいた。顔に怯えはない。笑っている。

「返り討ちにしてくれる」

　それを聞き取ったかのように、人工体の頭部が飛んだ。

　ガッと上がったのは確かに命中音だ。

　ラビアがのけぞった。すぐに立ち直って両手を上げた。

恐らくは永久機関の力が及ぶ前に、敵は分裂した。否、分解であった。八方から襲いかかって来る。そのたびにラビアはよろめき、見よ、頭にも胸にも足にも陥没が生じていくではないか。

それはすぐに戻る。そこへまた激突する。その手から放たれる力は、鋼鉄の飛翔体を捕捉できないまま、ラビアは歪み、別の姿に変わっていく。

突如、鋼鉄の立方体はことごとく二つに裂けた。しかし、スピードは変わらず、陥没痕が増していく。

「あーあ」

とせつらが呻いた。

その刹那、ラビアの姿が霞んだ。

襲いかかる飛翔体の動きが停止したのは、次の瞬間であった。その半ばまで食い込んだ斬線と不可視の糸は、奇怪な敵の眼にも映らぬはずであった。

「〝糸霞〟」

見えぬ刃から脱け出そうと唸りつづける塊を無視して、せつらはラビアに近づいた。

「無事？」

と訊いた。彼の仕事は、少年木乃伊を特別料金でもってセルジャニの下へ送り届けることであった。

「ああ――油断したけどね」

少年の声にはみるみる力が漲った。

「そんなにもたない」

とせつらは言った。チタン鋼の網にかかった塊は、微細な震動を起こしはじめているのだった。

「網の下を潜って出ろ」

「いいや」

とラビアは首をふった。

「余をコケにした不埒者――この手で処断してくれる」

右手が前方を差し、身体ごと回転した。せつらも止めなかった。

黒い塊は、釘を刺された風船のように消え失せた。

「やるぅ」

ぼんやり口ずさんで、行くよ、と声をかけた途端に、ラビアは頭を抱えて蹲ってしまった。

何処かのモーター音が高くなる。

「さすが〈新宿〉の刺客」

消滅した敵の攻撃は、ラビアに深刻な後遺症を残したのだ。永久機関が全力を挙げて、そのエネルギー治療に努めているが、回復するには、それなりの時間を要すると思われた。

となれば、行く場所はひとつしかない。

せつらが戸口を向いた。ラビアの身体も浮き上がった。

闇が光に変わった。

照明が点いた。部屋専用のもの以外に、錆び朽ち果てた撮影照明が、二人を狙っていた。

その周囲に人影が蠢いた。

局内を彷徨う死霊たちに違いない。

「テイク3――殺しの場面いきます」

若い男の声にカチンコの響きが重なった。

せつらとラビアは影たちの真ん中でライトを浴びていた。

急速に意識が遠のいていく。

死霊たちの妖気によるものだ。ここを訪れた調査員たちの失踪は有名だが、多くはこうして人の眼にも留まらず衰弱死を遂げ、遺体はどこぞやに捨てられるのだろう。

しなやかな影――女が前へ出た。

派手な黄色のスーツを着た美女だ。せつらの記憶にもあった。顔も身体もその当時のままである。

女の右手にはナイフが光っていた。

いつの間にか、せつらと女の周囲は居間のセットに変わり、二人の間は酒瓶の乗った小テーブルが塞いでいた。自分がナイトガウンを着けているのに、せつらは気がついた。

ナイフをふりかぶった女が近づいて来た。

「よくも騙したわね」

必要以上にメークを施した悪鬼の形相が突然崩れた。今せつらにピントが合ったのだ。

恍惚の顔が、へなへなと崩れ落ちた。手にしたナイフがこぼれて、膝を刺したが、気づくふうもない。

せつらの美貌が死霊に勝ったのだ。

「脱出」

とつぶやいて、ラビアを抱き起こす。

その前に数個の人影が立ち塞がったが、ラビアが手をのばすや消滅した。

社屋を出るや、二人は宙に浮いた。次々と別の建物へと飛び移る離れ業に、苦痛の中のラビアが、

「これは楽しい」

と呻いた。

〈メフィスト病院〉へ到着するのに一〇分とかからなかった。

「急患口」から入って、院長をとせがむと、

「失踪中です」

と返って来た。

「何処へ？」

訊かれた女性看護師は、固まったように口をつぐんだが、せつらに見つめられると、

「あの――〈院長室〉――いえ、寝室かも」

「医者が寝ていてどうするんだ」

かくいうせつらも、メフィストの寝室の場所は知らない。とりあえず〈院長室〉へ押しかけようと廊下へ出た。ラビアは宙に浮かんだままついて来る。

奥から二つの影がやって来た。

「おや、ドクターかと――」

「残念でした」

シビウである。

ちらちらと二つの美貌を見て、

「何をしていたか知らないが、王子を見て」

と言った。

メフィストが苦痛に歪む顔を見て、

「〈新宿〉にやられたか」

　一発で適中させた。

「治療」

　とせつら。

「言うまでもない。しかし――」

「あらら」

　せつらの反応は無意識のものであった。メフィストのしかしの後に続く言葉を読み取ったのである。

　ラビアを肩に乗せて、ドアの方へ向かう。背中が、あばよと告げていた。

「待ちたまえ」

　とメフィストが止めた。

「はいはい」

「治療を行なう」

「おかしなことは考えてないな？」

「医師として治療は行なう。それが破滅の元凶だとしても」

「僕も依頼は果たさなくちゃならない。後は好きにしてくれ」

　ラビアが正気なら消されかねない言葉だが、彼は昏々と眠りつづけている。

　その横顔を見てから、

「手を貸すわ」

　とシビウが申し出た。

「断わる」

　白い医師の返事に、シビウよりせつらがうなずいて、

「さすがさすが」

　と言った。シビウは苦笑を浮かべて、

「それじゃあ、私は失礼するわ――会えて嬉しかったわよ、ドクター」

　艶然たる微笑みを次にせつらに向けて、

「――せつらさん」

「ども」

　シビウが廊下を去ると、せつらはひとりになったのを知った。

話し相手はひとりしかいなかった。

3

駆けつけて来たセルジャニが、待合室のせつらの隣に腰を下ろすなり、看護師が現われ、

「手術は完了しました」

と告げた。

大あわてで立ち上がったところへ、メフィストが入って来た。

白いケープと玲瓏とかがやく美貌——これで手術ができるのか、いつ着換えたんだと、患者の誰もが思う、いつもの姿であった。

「どした？」

せつらが訊いた。まだ依頼人にもかけていない第一声であった。

「全快だ」

このひとことを聞くために、人々は院長の下へやって来る。最後の希望を託す。

しかし、今この言葉は誰のために放たれるのか？

「会えますか？」

とセルジャニが不安と安堵の入り混じった表情で訊いた。

「会っても会話はできん」

「——それは？」

メフィストは二人を導いた。長い廊下を何度か曲がった病室の中に、ラビアはいた。

身体を丸め——石と化して。

「それは——まるで——」

「ソドムと同じ」

とせつらが眼を見開いた。

「ソドムは自らの意志でこうなった。王子殿は〈新宿〉の意志による」

「石にしてしまえば、か」

せつらは軽く背伸びをしてから、

「仕事は完了しました」

とセルジャニに告げた。

「報酬は明日中に振り込みます。ご苦労でした」

せつらを労ってから、

「これで危機は去ったと思ってよろしいのか、ドクター？」

「一応は」

この返事をセルジャニは無視した。

「あなたの手によって、少なくともラビア様の永久機関は取り除かれたのですな？」

「残念だ」

ドアの手前でせつらがふり返った。何か口にする前に、

「ラビア王子の体内に、メカニズムは残存している。取り出せば、間違いなく自爆しただろう」

「役立たず」

とせつらが口に手を当てて吠えた。

そちらをちらと眺めて、

「取り出せはしなかったが、作動は停止した」

とメフィストは続けた。

セルジャニの顔に喜びが広がり、激しく震えた。

「宇宙一」

せつらが臆面もなく声をかけた。

「けど――どうやって？」

セルジャニの問いに、メフィストは、

「ある女性の力を借りた」

と応じた。

「あ、さっきの」

とせつらはドアを見つめた。

「そのとおりだ」

「何だ。女と組んで一人前」

「それも不正確だ」

「え？」

「女と組めば上手くいったかもしれん。だが――あれは女ではなかった。正確に言えば」

「まさか」

セルジャニが満面恐怖の相を浮かべた。

「両方？」

とせつら。

「両性具有。効果は半減した」

「王子のメカニズムは停止したが、ソドム氏のは健在だ」

「藪」

「では、ソドムの永久機関を破壊する手段は？」

「目下のところ――あるまい」

「じゃね」

せつらはドアを開けた。

「〈新宿〉は次にソドムを狙って来る。ご用心」

無責任なひとことを残して、美影身は去った。

深い沈黙が病室に満ちた。

それは、世界の生まれる前のものか。或いは破滅した後のものか。

メフィストが右手を上げた。

空中に浮かんだ看護師が、

「ドクターとお客様に重大なお話があるという方が見えております」

と言った。

「誰だね？」

「米CIA中尉ベル・スワン様です」


家へ直帰するつもりが、タクシーに乗った途端の呼び出しを受けて、せつらは〈区役所〉の大会議室へ呼び出された。

梶原以下の重鎮が勢揃いして、全員が頬を染め、せつらから眼を逸らした。

「この未曽有の危機に対処する方法は、最早ない」

と梶原は重々しい口調で言った。せつら以外の全員が、無言で、同感と口を揃えた。

「はあ」

と応じたのは、せつらだけである。

「恐らくはドクター・メフィストの力をもってしても危機は取り除けまい」

梶原の発言を、せつらは、わかりきったことを、くらいに思ったかもしれない。まさか、次の言葉は考えつかなかったろう。

「――ところが、ここに可能性が生じたのだ」

「はあ?」

多分、驚いているのだろうが、普段と少しも変わらないのが、この若者のいいところで、悪いところでもある。

「実は、この前の地震時に、〈区長室〉の壁に、このようなものが滲み出したのだ」

梶原がうなずき、せつらの前方の空間に縦二メートル横一メートルほどのスクリーンが出現した。

「わ」

それはスクリーンから吹きつけて来た妖風のせいであった。あおりを食らったスタッフは、ほとんどが机に伏している。

「なに、これ?」

せつらが眼を向けたのは、巨大な黒い影であった。首と胴半ばまでの黒い影、頭部には角のようなものが二本突き出ている。

だが、何よりも影の本質を伝えて来るのは、今も吹き募る忌まわしい風であった。

「すごいすごい」

とせつらは眼を細めた。

その姿と空中の絵を瞳に灼きつけていたのは、梶原ひとりであった。二名の副区長も区議委員長その他も妖気の直撃とあおりを受けて失神した中で、梶原だけが床に伏せ、携帯用の妖気防止マスクをつけられたのである。こういう状況に悪ズレしていたともいえる。

「似ている」

梶原が、死の呪文を唱えるように言った。死の呪文――それは唱えた相手に死をもたらすものか、或いは――

「誰に?」

とせつら。もう一度、

「似ている」

「誰に？」

と空中に眼をやったが、すぐに向きを梶原に変えた。

「見たまえ」

〈区長〉は、鬼とも見える影に顎をしゃくった。

「いちばん下だ。『探せ』と書いてある」

墨で描いたようなこの国の言葉を読んで、せつらは、

「〈新宿〉からの通信かな」

「恐らくは」

梶原はテーブルの上で両手を組み合わせた。何処かぼんやりしているこの〈区長〉が、あらゆる〈新宿〉に目配りが行き届いているのは、誰もが知るところだ。そして、それが成立しない場合、彼の手は組み合わされる。

「――よく見てくれたまえ」

「見てるよ」

とせつらは茫洋と応えた。

「さっぱりわからない」

「本当かね？」

「嘘をついても仕様がない」

「そのとおりだ」

梶原は椅子の背にもたれた。指は離れずきしんだ。

「君を招いた理由を話そう」

「もうわかったけど」

そこで像は消えた。


深夜、予報もなしで嵐が〈新宿〉を跳梁しはじめた。

風が唸り、稲妻が暗黒を白く染め、雨が道行く人々を薙ぎ倒す。勝手知ったる〈区民〉は近くの居酒屋や妖物用避難所に逃げ込むが、観光客はうろたえるばかりだ。

しかし、今夜の嵐は発生後二分と経たぬうちに〈区役所〉から緊急警報が発令されるほどの難物で

あった。

風でビルの壁面に叩きつけられ、雨で地べたにねじ伏せられ、稲妻で焼死する人々が続出したのである。しかも――

雷撃された妖物が路上でのたうち、空中で弾き飛ばされ、下水に押し流された。

違う。

違う。

違う。

いや、これで間違ってはいない。〈魔界都市〉はこれでいい。しかし――

違う。

〈区民〉たちは知らずに叫ぶ。声に出さずに叫ぶ。

これは〈新宿〉の殺気じゃない。断末魔だと。

今夜、〈新宿〉は何を苦しむのか、何を悲しむのか、何を偲ぶのか、何を慈しむのか。

地上階の全てを破壊されたマンションの地下で、数個の人影がひときわ大きな塊を見つめていた。

「どうしようというのだ、彼を？」

セルジャニはかたわらの美女に眼をやってから、石と化した木乃伊に顎をしゃくった。

「さっきも説明したわ。もう少しお待ちなさい。返事は来るから」

と、ベル・スワン中尉は唇を意味ありげに歪めて見せた。笑いのつもりが単なる引きつりに見えたのは、彼女自身、いま起こっている事実を正確に認識し、これから起きるはずの事柄を信じていないためなのに違いない。

永久機関の停止に万策尽きた今、この危機に最も無縁無能としか思えない女軍人に、どんな手があるというのか。

〈メフィスト病院〉から院長とスワン中尉が到着してから三〇分以上が過ぎている。照明は明るい。

上階は倒壊しても、地下の自家発電装置は健在だったのである。

三人の男女の呼吸音だけが、沈黙に挑んでいる。

メフィストが通路の奥を向いた。

靴音がやって来る。まず目立ったのは、かがやく禿頭だった。ハイネックのローブは、百彩もの架空の生物が描かれていたが、まず頭が目立つのは、愛すべき人物の証拠かもしれなかった。

厚ぼったい瞼の下の蒼い眼が、白い医師を映すや、

「よお」

と片手を上げた。

「これは我が師」

メフィストの言葉はセルジャニの眼を剝かせた。

「ドクトル・ファウスト」

「これが最後の手段よ」

スワン中尉の声は、セルジャニをうなずかせた。

「しかし、我が師とどうやって連絡を?」

メフィストの疑惑の声を誰が聞いたことがある?

「わしからしたのじゃよ」

「…………」

「この街から世界が危いことになりそうだと知ってな。それを回避するためには、我が術と金と道具が必要だった。それにはアメリカじゃろ」

「今は中国の時代ですぞ」

「軍事的には成金の国よ。最初に打診してみたら、多すぎると言いよった」

「ちなみに、いかほどを?」

「五千京。円建てじゃ」

「いかに円安といえど」

メフィストを苦笑させたのは、秋せつらと禿頭の師のみだろう。

「アメリカは出しましたか?」

「おお。さすが世界の警察じゃ。平和のためならと、四五〇〇京出しおった」

「あと五〇〇——セコくはありませんか?」

「その辺はやむを得まい。最後にケチがついた」

老人はのけぞって笑った。冗談のつもりなのだろう。しかも大成功と思っている。

腹を抱えてひぃひぃ笑いながら、

「もう安心せい、メフィスト。永久機関を迎え撃つ準備は整った」

一気呵成に言い放ってから、また笑った。

「何よりですな、永久機関の片方は、私の病院におります」

「では、ひとつずつ処置するとしよう。メフィスト、その男をそこに移し、周囲に一〇メートルの結界を作れ」

メフィストはうなずき、ソドムの巨体に手をかけた。

何をしても動かぬ石塊が、易々と持ち上がるのを、セルジャニと中尉は、呆然と見つめた。

ほぼ部屋の中央に立ち退き、メフィストは右手をしならせた。

銀色の針金がソドムの周囲を囲んだ。直径はきっかり一〇メートルあった。

「よろしい。では――」


ドクトル・ファウストがローブの右ポケットから取り出した品を見て、同じ二人が眉を寄せた。

それは一本の紙テープをひとねじりした無限大∞マークを思わせる形であった。

∞マークの右端に直径二センチ程の金属球が乗っている。

「メビウスの輪?」

スワン中尉が、呆気という表情になった。

「まさか、今どきあんな品で」

「言葉に気をつけい、我がパトロンよ」

とファウストは重々しい口調で言った。

「この世界で只ひとつ、別の世界を覗ける道具じゃぞ。今こそその存在の重さを噛みしめるがよい」

「しかし――これが――五〇〇〇京円」

経営者であるセルジャニはもっと現実的なことを口走った。

「四五〇〇京だ。行くぞ、メフィスト」

「はい」

二人の全身の血が凍りついたのは、この返事を聞いた瞬間であった。

禿頭の老人は、軽く床を蹴ると、ソドムの背中に貼りつき、小さな紙のねじり輪を、その頭頂部に乗せ、ふわりと跳び戻った。

一本のテープをひとねじりするだけで、表面を移動する物体は、いつの間にか裏へと廻（まわ）っている。誰にも作れる異世界への通路をドクター・メフィストの師はいかに扱おうというのか。

「ほい」

軽く両手を打ち合わせるや、小さなメカニズムは、その身を捻（ねじ）りながら、ソドムの頭頂部から首すじへと、妙な動きを遂げながら、移動しはじめた。

首すじで止まった。ねじれが失われ、ただの輪になった。

メフィストに見つめられ、禿頭をぴしゃんと叩いて、

「うーむ、さすがは無尽蔵（むじんぞう）のエネルギーだ。簡単に〈向こう側〉へは行ってくれんか」

内容に比して声自体は明るい。——というより陽気だ。

「行け！」

と命じた。輪は自らをねじり、メビウスの名を得ると、首廻りを喉へと廻った。そこから右肩へと下りて、両肩を廻り、さらに胸へ腹部へと下がっていく。その動きに世界の運命がかかっていると知るのは、いま四人だけ。

第八章　何処(いずこ)へ

1

せつらが〈メフィスト病院〉を訪れたとき、院内には非常警報が鳴り響いていた。

受付に訊いて、せつらは問題の病室へ向かった。

ラビアが石と化した場所には、何も残っていなかった。

ラビア自身もベッドも家具も——部屋自体が失われていたのである。眼の前の壁に生じた渦状の形を眺めながら、

「これは」

つぶやく背後で、

「行ってしまいましたね」

聞き覚えのある副院長の声であった。

「何処へ？」

「恐らくは院長の下へ」

「どーも」

せつらは前へ出た。

「——何を⁉」

驚く副院長の声は、美影身を呑み込んだ渦に吸い込まれた。


腰から落ちた。

糸のクッションは張れなかった。

「いたたたた」

と身悶えするせつらの上から、

「無事か？」

小さな顔が覗き込んだ。闇の中だが、せつらの眼には、昼のように髪の毛の一本まで識別できた。大きな瞳とすっきりのびた鼻梁、形のよい唇——気品に満ちた、しかし愛くるしい少年の顔だ。

「まさか」

瞬きした。

間違いだったらしい。視界を埋めているのは干からびた木乃伊の顔であった。

歪曲空間から途中で脱け出たらしい。

周囲は紅閨の巷だ。しかし、どの建物も少し遠のいて二人を囲んでいる。

「〈旧噴水広場〉」

とせつらは言ってから、

「どうやって、ここへ？」

とラビアに訊いた。自分の意思ではなかったのだ。

「余にもわからない。吸い込まれて――引かれたのは覚えている。それが急に方向をねじ曲げられて――あなたではないのか？」

「残念」

「すると――誰が我々をここへ？」

木乃伊は立ち上がった。二人に気がついたらしい連中が寄って来る。夜の〈旧噴水広場〉は、恋人たちではなく、危険な不良どもの溜まり場だ。

せつらは、

「あらら」

と洩らした。眼球以外動かない。

「天から降って来た二人組が、片方は芋虫で、片方は、おや、木乃伊ときた」

「金ぐらい持ってんだろうな。なきゃ、近くの病院で肝臓でも胃でも肺でも取り出してもらうぜ」

頭に羽根飾りをつけ、麻酔バットを手にした若者たちは五人いた。

「下がれ」

とラビアが命じた。

「なにをお、このチビ」

ひとりがバットをふり上げ、ん？　という表情になった。他の四人もその場に硬直する。せつらの顔を見てしまったのだ。

醜悪な顔から、みるみる凶暴さが消えていく。せつらの魔法に罹患したのである。

「何を見ておる」

怒りのこもった呻きが風を巻いて走った。

不良の喉が半分持っていかれた。

「おまえたちも、何を見ているんだ？」

二人が顔をつぶされ、残る三人はようやく我に返って走り出し——消えてしまった。

遠巻きにしていた連中が、これは危いと背を見せる。

右手を下ろし、ラビアはせつらの腕を摑んだ。ひょいと背中に乗せる。失われた力が戻って来たらしい。

「医者へ連れて行く」

「やめろ。みっともない」

子供に背負われて病院へ——せつらでなくてもよせと言うだろう。子供虐めとも思われかねない。

「文句を言うな。ありがたく思え」

ラビアは上体を九〇度に曲げてせつらを負っていた。

「エネルギーを送れ」

せつらが要求した。軽いひと撫でで、麻痺は取れるだろう。

ラビアは応じず、〈広場〉を出て、〈新宿東急ホテル〉の方へ向かった。

通りかかったOLらしい女性が二人、その姿を見て、

「何よ、あの子——頑張ってるわね」

「そりゃそうよ、あんないい男とくっついているんだもの」

惚れ惚れつくづくと口にしたものだ。

「でも——木乃伊よ。男だと思うな」

「木乃伊だって、男だって、美しいものにはイカれてしまうのよ。あたしが代わりたいくらいだわ」

そこへ、制服姿の警官が二名とんで来た。〈旧噴水広場〉での立ち廻りの連絡を受けたものだろう。

「子供に何をさせてる？」

「下りろ」

ラビアがふり向いた。

「あ、いいんです」

せつらが言った。

「僕が歩けないので、背負ってくれてるんです。じきに下りますから」

普通の場所なら絶対に通らない言い訳だ。

だが、ここは――

年配のほうの警官が、

「本当かね、君？」

ラビアに訊いた。

「そうだ」

警官は、何だというふうに表情をゆるめ、相棒に、

「ならよかろう。行こう」

と去って行った。〈新宿〉には事件がひっきりなしに生じる。誰が背負うかまで気にしてはいられないのであった。

「不浄役人どもが」

と、王子が吐き捨て、低く呻いて、両膝をついた。

「どうした？」

「また、呼んでいる。病院から余を連れ出した力が。ここでお別れだ」

「自分で歩きたい」

「ならぬ。そうすれば、あなたは必ず追って来るだろう。来てはならない」

「いや、そうもいかないので」

悪あがきをするせつらを、干からびた少年は静かに見つめ、彼を地上に下ろした。

「こら」

「ここにいたまえ。来てはならぬ」

彼は小路を〈新宿駅〉の方へ歩き出し、人混みにまぎれた。せつらの麻痺はいまだに取れない。

「順調だ」

と禿頭の翁が言ったのは、ねじれた輪が大男の上半身を隈なく動き廻ってからだった。開始から二〇分以上が経過していた。

「元に戻ります？」

　スワン中尉が訊いた。

「確信は持てんな」

「持ってくださらないと困ります。スイッチが入ったかどうかも不明の核爆弾のままでは役に立ちません」

「わかっておる。契約完了まであと少し待て」

「我が師よ、いつ切り出そうかと思案しておりましたが——少々納得がいきません」

「私の国との仲？」

　スワン中尉が横眼でメフィストを見た。

「左様。いかなる時にせよ、師の魔力を特定の国のために行使することは、師ご自身が禁じられたはずです」

「そう言うな。これは世界の大事だぞ」

「存じております」

　とメフィストは言った。

「ですが、我ら弟子としては、世界の破滅よりは、ファウスト塾の盟約こそ生命、いえ、魂でございます」

「ちょっと、ドクター、余計なこと言わないでよ。もう契約は済んでいるんですからね」

「契約は履行されるがよかろう。だが、師といえど、師の教えに背くことは許されぬ。師よ、ソドムの復活を成し了えた暁には、以後、万事このメフィストにお任せを」

「と申しておるが」

「いえ我が国との契約は、永久機関とその制禦法を譲渡されるまで有効ですわ」

「——というわけじゃ、メフィストよ。契約は守らねばならん」

　何となく照れくさそうに告げる師に、

「その施術が終了したとき——お手向かいいたしますぞ」

「やむを得ん」

　おお、ドクトル・ファウストとドクター・メフィストが対決するのか。それは、世界の異人たちが、自らも知らず望んでいたことではないのか。

あとの二人——セルジャニとスワン中尉がよろめき、壁に手をついて支えた。たった二人の見物人になる前に、妖気の波動に失神したのである。

そして、

「おお、止まったのお」

とファウストが床の上を見た。異次元の輪は、ただの輪に変わって、捨てられたかのように、だらしなく転がっていた。

2

全員の視線がソドムに注がれる。いつの間にか、石の硬さは失われていた。

「戻ったか、ソドムよ」

中尉の問いに、巨体がうなずいた。

「ならば——すべきことはしなくてはね。事態は変わっていないわ」

石の顔の表情が、曖昧から意志あるものに変わった。

「あなたの為すべきことはひとつ。ラビア王子を斃しなさい」

巨人がうなずくのを、セルジャニは茫然と見つめていたようだ。

「イケるわね」

中尉は見た者が底冷えするような笑みを貼りつけた。

ラビア王子をソドムに処分させれば、アメリカは史上最高の兵器を手に入れることになる。

その笑みが凍りついた。

「我が師よ——では」

とメフィストが声をかけたのだ。

「ちょっと——待ってよ、ドクター」

「おまえの用は済んだ」

「ドクトルにはまだ用があるわ。永久機関を手に入れても、扱うのは別よ。彼は本国まで同行してもらうわ」

　禿頭を見て、

「ドクトル——勝つ自信がおあり？」

切迫した問いに、老人は禿頭をぴしゃんと叩いて、

「わしは奴の師だぞい」

と言った。同時にメフィストも、

「弟子は師を超えてこそ、真の弟子」

「時の運ってことかしら」

「そういうことだ」

　今まで黙っていたセルジャニが口をはさんだ。中尉が、きっと眼尻を吊り上げて、

「黙ってらっしゃい。もうあなたの出番は終わったのよ」

「最初にこの街へ来る前、〈亀裂〉に落ちた。あのとき、私の運命は変わった」

「そのとおりよ。あなたの手は二人の仲間から離れ、お店の売り上げ計算用ソフトをいじくるほうを選んだのよ。黙って見てらっしゃい」

「そうもいかんのだ」

　セルジャニの疲れきった声に、力がこもった。中尉の表情が動揺に歪んだ。今、世界の命運が決定せんとするこの状況で、平凡なキャバレーの経営者と化した男が、どんな異議を唱えようとするのか？

「ソドムは王国に忠誠を誓った。私もだ。彼は木乃伊と化してなお、それを貫こうとしている」

「あなたもそれに倣う？　手遅れよ」

　中尉は、対峙する二人の魔人をふり返って、

「ドクトル・ファウスト、師弟対決は後に願います。私はソドムを連れてアメリカへ帰るわ。厚木基地から呼んだ輸送機は、もう〈亀裂〉の手前に停止しているのよ。ドクトル——ラビア王子をここへ」

「そこまでは契約に入っとらんが」

「特別ボーナスをつけるわ」

「よろしい。しかし——」

「左様」

とメフィスト。眉を寄せる中尉へ、

「彼は我が病院から二〇分も前に消えた。以後、消息は不明だ」

「そんな——一体どうして？　誰の仕業よ⁉」

絶望に満ちた声であった。ソドムを手に入れても、もうひとりの木乃伊——もうひとつの永久機関を始末しなくては、アメリカの絶対性にはほころびが生じるのだ。中尉の叫びには沈黙が応じた。

だが、答えは別のところからやって来た。

「余なら、ここにおる」

通路の奥だ。

闇が広がっている。ラビアの消えた闇が、
そこから、小さな影がゆっくりと、運命を定める者と充分に意識した歩みでもって、やって来た。

「ラビア様」

平伏するセルジャニへ笑いかけた表情は、木乃伊ということを別にしても、邪悪さに満ちていた。

「戻って来たぞ。何者かの力によってな」

それから老若の師弟へ、

「おまえたちには、余をどうすることもできまい。ここで邪魔者を始末してから、余は我が王国の建設に取りかかる」

「国、とな」

ファウストの問いが、一同を代弁した。

「そうだ。我が国だけではないぞ。余は国へ戻って謀反人どもを消滅させ、他の国々を制覇した後に、宇宙の涯にも眼を向けるつもりだ」

「ラビア様。なりませぬ」

思わず身を起こしたセルジャニへ、侮蔑の視線を当てて、スワン中尉が手を打ち合わせた。

「ラビア殿下——その望み、我が国も嚙ませていただけるかしら？　決してご損はさせません」

「アメリカの手先か。父上が外交ルートを通して援助を求めたが、無視を決め込んだ国だ。去れ」

美女の唇が歪んだ。歯を食いしばったのである。

「去るのはあなたよ——ソドム」

大男の身体が揺れた。

「あなたの王子を始末なさい」

冷酷この上ない指令に、もうひと声重なった。

「やめさせろ」

声の主はセルジャニだ。この指示を受けたのは

——

スワン中尉は胸に手を当てて、

「どういう意味？　王子様は私の指示に従うわ」

「それを止めるのだ、中尉」

これまでの態度が嘘のような、圧倒的威圧感に満ちた声であった。それは猛女に何かを気づかせた。

「おまえ——おまえは……」

「思い出せ。ＣＩＡの基地を破壊したのは誰か」

急に生まれた虚ろな表情が、またもいきなり覚醒のそれになって、

「——あれは……私」

「そうだ。そう命じたのは、おれだ」

とセルジャニは告げた。

「おまえは、おれを甦そうとして、おれの術にかかった。それからのおまえは、おれの言いなりに動くロボットだ」

「嘘よ」

「自決しろ」

これまでの全てを忘れたかのように、中尉は左手の指輪をこめかみに押しつけた。

その手が上へ跳ね、真紅のビームが天井を焼き貫いた。

手首に巻いた針金を音もなくケープの内側へ巻き取って、

「私の前で死を招くのは厳禁だ」

とドクター・メフィストは言った。針金は何かをしてから離れたのか、中尉はその場に突っ伏した。

ソドムが両手で頭を押さえ、すぐに離した。眼前の木乃伊に気づき、

「おお、ラビア様」

と平伏した。

「ソドムよ、今の宣言聞いておったか？」

「はっ」

「余は自らの国を築くことに決めた。誰もが作り出したことのない国をな」

「…………」

「そこに旧い者たちは要らん。おまえたちも消えい」

沈黙が全てを包んだ。

「こんな望みを本気で抱いているとなると——メフィスト、師弟対決はお預けじゃ」

「は」

師弟は別の戦いを選んだのであった。

四つの光が闇に点った。

二人の眼だ。

暗黒に力が満ちた。

ああ、ファウストとメフィストよ、よろめいているのか？

だが、ラビアもまた後退したではないか。彼は言った。

「もう一度——来い」

「なりませぬ、ラビア様」

巨影が少年の前に立ち塞がった。

「ソドムよ、邪魔をするか？　おまえは余の身を護らねばならぬ役目だぞ」

「お赦しくださいませ」

「逆らうか。お前とて単独で、この世を滅し得る力の持ち主だ。余に力を貸せい」

「この世界は、あなた様のものではございません」

「謀反人どもは、我らの国を彼奴らのものにしおったぞ。国連も他国も何ひとつ力を貸してはくれなんだ。そのような世界——どうなろうと余の知ったことではない」

「そのようなお考えを」

ソドムは眼を閉じた。その肩が震えた。巨人は、声もなく泣いているのだった。

「では、余は行くぞ。止められるものなら止めてみるがよい。〈魔界都市〉よ、いかにする？」
少年よ、〈新宿〉に挑むか。そして、〈新宿〉よ、どう受ける？

その前に、ソドムが立ち上がった。右手は王子の方を向いていた。彼が死を賭して守ろうとした少年の胸へ。

「来るか、ソドム——不忠者めが」

「いえ、私も共に参ります」

ふと、全員が宙を仰いだ。

「これは——何事だ？」

ファウストが両手を光る頭に乗せて、

「わかるか、メフィストよ？」

「残念ながら。ただ——近づいておりますぞ」

「わかっておる。どう対処すべきか？」

「さて」

闇が一点に凝縮した。

少年——ラビアの眼前に。

「あ!?」

上がった声は怯えでも怒りでもなかった。

「あり得んな」

ファウストの声は遠く聞こえた。それに応じる白い医者の声を。

「はい——喜びの声などと。しかも、聞きました。おれと来いなどと」

それから——廃墟の地下で何があったのか。知る者はいない。今も秋せつらは人捜しに励み、ドクター・メフィストは神のメスをふるっている。キャバレー「新宿グランドール」は二四時間営業の灯を点し続け、ほんの少し前、〈新宿〉に現われた二体の木乃伊が何処に去ったのか、気にする者もない。

廃墟の地下で見つかったアメリカ情報局の女性中尉は、記憶を失ったまま本国へ送還された。

ほんの数人——あのとき、〈大久保〉の廃墟の前を通りかかった観光客たちが、ほんの一瞬、その上に生じた黒い巨大な影を見たと記憶していた。

それは地下から二体——大小の人影をすくい上げ、忽然と消えたのであった。
そして、地下から現われた白い玲瓏たる人物が、足下に横たわる、これも世にも美しい闇をまとったような美貌の若者を抱き起こし、何処へともなく運び去ったという。

本書は書下ろしです。

あとがき

木乃伊――ミイラといえば、小説ではあまり扱われたこともなく（そりゃそうだ）、もっぱら映画を活躍の場としていた。

私が最初に「わあ⁉」と驚いたのは、英ハマー・フィルム製作の「ミイラの幽霊」（'59）。「フランケンシュタインの逆襲」（'57）、「吸血鬼ドラキュラ」（'58）の翌年に製作された傑作で、前二作のヒットで気を好くしたハマーのイケイケ気分が漲っていた。古代に亡くなった女王の墓を暴いた英国人たちが、愛する彼女を復活させんとしたため、生きたままミイラにされた高僧――カリスに襲われ、次々に殺されていく。

監督のテレンス・フィッシャー、主演の黄金コンビ、クリストファー・リー、ピーター・カッシングも乗りに乗った演出と名演技を見せ、特にカッシングがミイラ（リー）に襲われる屋敷のシーンは、素晴らしい。ベランダのガラス扉に、ミイラの影が映るや、ガラスをぶち破ってやってくる。迎え撃つカッシングのショットガンは、彼の胸に拳ほどもある大穴を開け、大きくのけぞらせるが、なにせミイラだから平然と襲いかかってくる。幸い、女王に瓜二つのカッシングの妻を見て、ミイラはしょんぼりと去っていく（我が身がはかなかったのだろう）。しかし、ミイラを操るエジプト人はなおもカッシングをつけ狙い——リーの自伝を読むと、包帯の下に仕込まれた弾着のせいで火傷を負い、ドアを肩で突き開けるシーンでは、脱臼したという。

舌を切り取られたミイラは、復活の呪文を記した巻物もろとも、底なし沼へ消えていく——絶対に続編は出来ないラストだが、ヒットしたらしく、この後も何作か作られ、中では日本公開された「ミイラ怪人の呪い」（’67）が、スリルとサスペンスに富んだいい出来映えであった。

「ミイラの幽霊」は、私の故郷では何と、ウィリアム・キャッスルの「地獄へつゞく部屋」（’59）と併映され、私が喜んだの何の。後のＴＶ放映の際、雑誌『ＴＶガイド』で映画評を担当していた小森（和子）のオバちゃまが、

「ヒロインに気を取られて、やる気をなくすミイラなんて最低」

と評していたのが懐かしい。

次のミイラ体験は、我が日本のＴＶ映画「恐怖のミイラ」（’61）である。よく覚えていないが、復活液を服用したミイラがソフト帽にコート姿で夜の町へ繰り出し、バーテンに、

「水割でいいスか？」

と訊かれて、うなずくシーンをよく覚えている。『少年マガジン』のコラムでも紹介されていて、主演のミイラ役は留学生とか書かれていた。このミイラはあちこちうろついては殺人を重ねるが、実は感性豊かな存在で、やくざの情婦（なんと三原葉子）に裏切られたと知ると、

——あなただけは信じていたのに

とのモノローグを発して、彼女を殺して（手にはかけない。驚かすだけで、三原葉子がショック死してしまう）しまう。その復讐に乗り出して、あっさり殺されてしまうチンピラが、あらら牧冬吉。『隠密剣士』の霧の遁兵衛や、『仮面の忍者 赤影』の白影小父さんである。

ホラー映画でミイラものといえば、米ユニバーサル製作のボリス・カーロフ主演の「ミイラ再生」（'32）に始まる一連の作品群で、「ミイラ再生」の続編「ミイラの復活」（'40）、「ミイラの墓場」（'42）、「執念のミイラ」（'44）、「ミイラの呪い」（'44）と続く。

実はこの連作、六四年に日本テレビで放映された「ショック！」でようやく眼にしたもの。「ショック！」でもラストの「ミイラの呪い」はかからず、後にビデオで観たが、ラストの壁ぶち壊しミイラなど、痛快な傑作でありました。ただし、この作品の舞台は前作から二五年後の六九年なのに、世界に全然進歩の跡が見られないのも凄い。

もうひとつつけ加えておくと、「執念のミイラ」は設定を変えて、我が国で漫画化された。原作通りのヤな話であった。

現代のミイラものといえば、ブレンダン・フレイザー主演の「ハムナプトラ」シリーズだろうが、私はこれで一回、度肝を抜かれたことがある。

ハリウッドのパラマウント・スタジオに押しかけたとき、誰かを待っている（誰かはもうわからない）最中、ズドーンと建物が大揺れし、

「地震だ」

と叫んだ私は、廊下を駆け出そうとしたが、また、ズドーンと来て、何かおかしいなと思ったら、隣室のサウンド・ミキシング室で、怪獣の足音のチェックをやっていたのである。

スクリーンには、巨大な足と三つ首の、キングギドラそっくりの怪獣が映っていて、帰国後、「ハムナプトラ3　呪われた皇帝の秘宝」（'08）と知れた。日本の映画スタジオはどうなのか知らないが、いやあ、さすがはアメリカと戦後すぐの小学生に逆戻りしてしまいました。

目下のところ、海外ミイラの最新作は、メキシコの「ザ・マミー」（'17）らしいが、私が観た最終作は「ザ・マミー／呪われた砂漠の王女」（'17）。トム・クルーズを主演に迎えての一大ホラー・アドベンチャーであった。これが成功すれば、ユニバーサルはかつての名作ホラーを次々にリブートする「ダーク・ユニバース」なるプロジェクトを考えていたのだが、残念ながら大失敗。次作「フランケンシュタインの花嫁」と「透明人間」は夢と

消えた。試写で見る限り、
「ま、仕様がねえな」
が正直な感想。あのね、考え方は理解できるが、女性に媚(こ)びすぎなんだよ。美女のままのモンスターじゃ迫力が出ないのだ。トム・クルーズなんてコケじゃありませんか。こういうの見るたびに、おれに脚本書かせろ、世界興収の一〇パーセントで手を打つと思うのだが。

今回の「木乃伊」には、復活に際して、ある仕掛けを加えた。最初は二体の珍道中ものにするつもりだったのだが、工夫を加えているうちに、いつの間にか前代未聞のスケールにアップしてしまった。

〈魔界都市〉、まだイケるかな。

二〇二二年十一月末
「凸凹ミイラの巻(未)」('55年)
を観(み)ながら。

菊地秀行

キリトリ線

ノン・ノベル百字書評

木乃伊綺譚

木乃伊綺譚

なぜ本書をお買いになりましたか（新聞、雑誌名を記入するか、あるいは○をつけてください）	
□（　　　　　　　　）の広告を見て	
□（　　　　　　　　）の書評を見て	
□ 知人のすすめで	□ タイトルに惹かれて
□ カバーがよかったから	□ 内容が面白そうだから
□ 好きな作家だから	□ 好きな分野の本だから

いつもどんな本を好んで読まれますか（あてはまるものに○をつけてください）

●小説　推理　伝奇　アクション　官能　冒険　ユーモア　時代・歴史　恋愛　ホラー　その他（具体的に　　　　）

●小説以外　エッセイ　手記　実用書　評伝　ビジネス書　歴史読物　ルポ　その他（具体的に　　　　）

その他この本についてご意見がありましたらお書きください

最近、印象に残った本をお書きください		ノン・ノベルで読みたい作家をお書きください			
1カ月に何冊本を読みますか	冊	1カ月に本代をいくら使いますか	円	よく読む雑誌は何ですか	
住所					
氏名		職業		年齢	

あなたにお願い

この本をお読みになって、どんな感想をお持ちでしょうか。

この「百字書評」とアンケートを私までいただけたらありがたく存じます。個人名を識別できない形で処理したうえで、今後の企画の参考にさせていただくほか、作者に提供することがあります。

あなたの「百字書評」は新聞・雑誌などを通じて紹介させていただくことがあります。その場合はお礼として、特製図書カードを差しあげます。

前ページの原稿用紙（コピーしたものでも構いません）に書評をお書きのうえ、このページを切り取り、左記へお送りください。祥伝社ホームページからも書き込めます。

〒一〇一―八七〇一
東京都千代田区神田神保町三―三
祥伝社
NON NOVEL編集長　坂口芳和
☎〇三（三二六五）二〇八〇
www.shodensha.co.jp/bookreview

「ノン・ノベル」創刊にあたって

「ノン・ブック」が生まれてから二年一カ月、ここに姉妹シリーズ「ノン・ノベル」を世に問います。

「ノン・ブック」は既成の価値に"否定(ノン)"を発し、人間の明日をささえる新しい喜びを模索するノンフィクションのシリーズです。

「ノン・ノベル」もまた、小説(フィクション)を通して、新しい価値を探っていきたい。小説の"おもしろさ"とは、世の動きにつれてつねに変化し、新しく発見されてゆくものだと思います。

わが「ノン・ノベル」は、この新しい"おもしろさ"発見の営みに全力を傾けます。ぜひ、あなたのご感想、ご批判をお寄せください。

昭和四十八年一月十五日

NON・NOVEL編集部

NON・NOVEL —1058
長編超(スーパー)伝奇小説
魔界都市(まかいとし)ブルース　木乃伊綺譚(ミイラきたん)

令和5年1月20日　初版第1刷発行

著者　菊地秀行(きくちひでゆき)
発行者　辻浩明
発行所　祥伝社(しょうでんしゃ)
〒101-8701
東京都千代田区神田神保町 3-3
☎ 03(3265)2081(販売部)
☎ 03(3265)2080(編集部)
☎ 03(3265)3622(業務部)
印刷　萩原印刷
製本　ナショナル製本

ISBN978-4-396-21058-8　C0293

祥伝社のホームページ・www.shodensha.co.jp